STS

山田社

STS

山田社

日語＋韓語 單字帳

生活、休閒旅遊

金龍範・上原小百合◎合著

山田社

會日語，學韓語就簡單啦！
會韓語，學日語就輕鬆啦！
完全不會韓語也不會日語您，就要這樣學，
本書讓您日韓語雙棲！

◎ 就是要瞭解日本＆韓國文化的 1300 個單字！
◎ 就是想看日韓劇時，可以懂日韓星説的話！
◎ 就是想在日韓星演唱會上，大聲用日韓語來跟他們加油！
◎ 就是想要可以自由行日韓劇的舞台、名所及私房景點，還要跟當地人交流。
◎ 就是想充分享受日韓傳統舞蹈、美容沙龍！

那個時候，這些簡單又稀鬆平常的單字，就能馬上派上用場啦！內容有：

一、這個生活單字怎麼説

　　1. 漂亮的衣服、飾品等單字。

　　2. 看了叫人垂涎三尺的各式料理相關單字！

　　3. 別緻的房間及設備，各具特色的家具及家電用品單字。

二、這個行動、嗜好單字怎麼説

　　1. 街上的建築物及馬路上川流不息的交通工具單字。

　　2. 有好玩又健身的旅遊、購物及運動有關的好用單字。也有藝術跟嗜好相關的
　　　單字。

三、這個動植物跟環境單字怎麼説

　　有賞心悦目的動植物，更有宇宙、大自然、季節及氣象的單字。

四、學習、工作的單字怎麼説

　　學校生活、文具用品的單字。職場相關、各種 OA 機器及電腦用語單字！

五、疾病相關的單字怎麼説

　　各種疾病、症狀及藥物等單字！

目錄

1. 打招呼一下

CD 1

早安！

| おはようございます。 | 안녕!
an.nyeong |

早安！你好！

| こんにちは。 | 안녕하세요?
an.nyeong.ha.se.yo |

晚安！

| こんばんは。 | 안녕히 주무세요.
an.nyeong.hi.ju.mu.se.yo |

請好好休息！

| おやすみ。 | 편히 쉬세요.
pyeon.hi.swi.se.yo |

好久不見了！

| お久しぶりです。 | 오랜만이구나.
o.raen.ma.ni.gu.na |

您最近可好！

| お元気ですか。 | 건강하세요?
geon.gang.ha.se.yo |

2. 道別

再見！（對離開的人）

さようなら！	안녕히 가세요. an.nyeong.hi.ga.se.yo

（明天）再見！

また明日。	（내일）또 봐요. (nae.ir).tto.bwa.yo

有機會再見面吧！

また会いましょう。	또 만납시다. tto.man.nap.si.da

多保重！

お元気で。	건강하세요. geon.gang.ha.se.yo

再聯繫。

また連絡します。	연락할게. yeon.ra.kal.gge

CD 3

是。

はい。

네./예.
ne／ye

不是。

いいえ。

아뇨./아니요.
a.nyo／a.ni.yo

是的。

はい、そうです。

네,그렇습니다.
ne,geu.reot.seum.ni.da

我知道了。

分かりました。

알겠어요.
al.ge.sseo.yo

我不知道。

分かりません。

모르겠어요.
mo.reu.ge.sseo.yo

那麼，拜託你了。

はい、お願いします。

네,부탁해요.
ne,bu.ta.kae.yo

不，不用了！

いいえ、結構です。

아니요,됐어요.
a.ni.yo,dwae.sseo.yo

4. 道謝

CD 4

 謝謝！

| どうも。 | 고마워요.
go.ma.wo.yo |

 非常感謝！

| ありがとうございます。 | 감사합니다.
gam.sa.ham.ni.da |

 我很開心！

| うれしいです。 | 기뻐요.
gi.ppeo.yo |

我很高興！

| 楽<small>たの</small>しいです。 | 즐거워요.
jeul.geo.wo.yo |

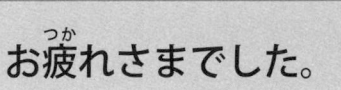 您辛苦啦！

| お疲<small>つか</small>れさまでした。 | 수고하셨어요.
su.go.ha.syeo.sseo.yo |

● 5. 道歉

對不起。

| すみません。 | 미안해요.
mi.an.hae.yo |

請原諒我。

| 許^{ゆる}してください。 | 용서해 주세요.
yong.seo.hae.ju.se.yo |

非常抱歉。

| 申^{もう}し訳^{わけ}ございません。 | 죄송합니다.
joe.song.ham.ni.da |

給你添麻煩了。

| ご迷惑^{めいわく}をおかけしました。 | 폐를 많이 끼쳤습니다.
pye.reur.ma.ni.kki.chyeot.seum.ni.da |

失敬了。

| 失礼^{しつれい}しました。 | 실례 했습니다.
sil.lye.haet.seum.ni.da |

沒關係的。

| 大丈夫^{だいじょうぶ}です。 | 괜찮아요.
gwaen.cha.na.yo |

6. 請問一下

CD 6

請問一下。

| ちょっとお尋ねします。 | 뭐 좀 물어봐도 돼요?
mwo.jom.mu.reo.bwa.do.dwae.yo |

嗯，有什麼事嗎！

| はい、何でしょう。 | 네, 말씀하세요.
ne,mal.sseum.ha.se.yo |

這是什麼？

| これは何ですか。 | 이것이 뭐예요?
i.geo.si.mwo.ye.yo |

現在幾點呢？

| 今何時ですか。 | 지금 몇시예요?
ji.geum.myeot.si.ye.yo |

車站在哪裡？

| 駅はどちらですか。 | 역은 어디예요?
yeo.geun.eo.di.ye.yo |

吃過飯了嗎？

| ご飯を食べましたか。 | 밥 먹었어요?
bam.meo.geo.sseo.yo |

9

1 你我他這樣説

你

| あなた | 당신
dang.sin |

你

| きみ
君 | 너
neo |

我

| わたし
私 | 나,저
na,cheo |

我，在下

| ぼく
僕 | 나
na |

他

| かれ
彼 | 그
geu |

她

| かのじょ
彼女 | 그녀
geu.nyeo |

你們

| あなたたち | 당신들
dang.sin.deul |

我們

| わたし
私たち | 저희
jeo.hi |

我們，咱們

| われわれ
我々 | 우리
u.ri |

他們

| かれ
彼ら | 그들
geu.deul |

她們

| かのじょ
彼女ら | 그녀들
geu.nyeo.deul |

親愛的

| ダーリン | 자기야
ja.gi.ya |

大家

| みな
皆さん | 여러분
yeo.reo.bun |

女人

| おんな
女 | 여자
yeo.ja |

男人

おとこ 男	남자 nam.ja

朋友

ともだち 友達	친구 chin.gu

前輩

せんぱい 先輩	선배 seon.bae

晚輩

こうはい 後輩	후배 hu.bae

情人

こいびと 恋人	애인 ae.in

同事

どうりょう 同僚	동료 dong.nyo

上司

じょうし 上司	상사 sang.sa

年輕人

わかもの 若者	젊은이 jeol.meu.ni

未成年人

み せいねん 未成年	미성년 mi.seong.nyeon

少女

しょうじょ 少女	소녀 so.nyeo

少年

しょうねん 少年	소년 so.nyeon

成人，大人

せいじん 成人	성인 seong.in

中年

ちゅうねん 中年	중년 jung.nyeon

先生，小姐

さん	씨 ssi

CD 8

	爺爺，祖父
おじいさん	**할아버지** ha.ra.beo.ji

	奶奶，祖母
おばあさん	**할머니** hal.meo.ni

	外公，外祖父
おじいさん	**외할아버지** oe.ha.ra.beo.ji

	外婆，外祖母
おばあさん	**외할머니** oe.hal.meo.ni

	父親
父 ちち	**아버지** a.beo.ji

	爸爸
お父さん とう	**아빠** a.ppa

	母親
母 はは	**어머니** eo.meo.ni

	媽媽
お母さん かあ	**엄마** eom.ma

	雙親
両親 りょうしん	**부모님** bu.mo.nim

	哥哥（弟弟稱呼）
お兄さん、 あにき にい	**형** hyeong

	哥哥（妹妹稱呼）
お兄さん にい	**오빠** o.ppa

	姊姊（弟弟稱呼）
お姉さん、 あねき ねえ	**누나** nu.na

	姊姊（妹妹稱呼）
お姉さん ねえ	**언니** eon.ni

	弟弟
弟 おとうと	**남동생** nam.dong.saeng

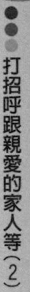

第 **2** 章 ● ● ● 打招呼跟親愛的家人等（2）

妹妹

妹 <small>いもうと</small>	여동생 yeo.dong.saeng

兄弟

兄弟 <small>きょうだい</small>	형제 hyeong.je

姊妹

姉妹 <small>しまい</small>	자매 ja.mae

孫子

孫 <small>まご</small>	손자 son.ja

孫女

孫 <small>まご</small>	손녀 son.nyeo

伯父（爸爸的哥哥）

おじさん	큰아버지 keu.na.beo.ji

叔父（爸爸的弟弟，未婚）

おじ	삼촌 sam.chon

伯母（爸爸的姊妹）

おば	고모 go.mo

舅舅（媽媽的兄弟）

おじ	외삼촌 oe.sam.chon

阿姨（媽媽的姊妹）

おば	이모 i.mo

公公

舅 <small>しゅうと</small>	시아버지 si.a.beo.ji

婆婆

姑 <small>しゅうとめ</small>	시어머니 si.eo.meo.ni

13

3 親愛的家人（2）

CD 9

	夫婦
夫婦 ふうふ	부부 bu.bu

	先生
夫 おっと	남편 nam.pyeon

	您先生
ご主人様 しゅじんさま	서방님 seo.bang.nim

	妻子
妻 つま	아내 a.nae

	內人
家内 か ない	집사람 jip.sa.ram

	兒子
息子 むすこ	아들 a.deul

	女兒
娘 むすめ	딸 ttal

	長男
長男 ちょうなん	장남 jang.nam

	長女
長女 ちょうじょ	장녀 jang.nyeo

	次男
次男 じなん	차남 cha.nam

	次女
次女 じじょ	차녀 cha.nyeo

	老么
末っ子 すえ こ	막내 mang.nae

	雙胞胎
双子 ふた ご	쌍둥이 ssang.dung.i

	獨生子
一人息子 ひとり むすこ	외아들 oe.a.deul

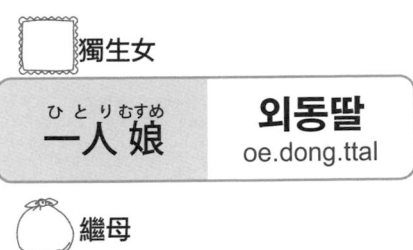
獨生女

| 一人娘
ひとりむすめ | 외동딸
oe.dong.ttal |

養子

| 養子
ようし | 양자
yang.ja |

繼母

| ままはは | 계모
gye.mo |

繼父

| ままちち | 계부
gye.bu |

大人

| 大人
おとな | 어른
eo.reun |

小孩

| 子供
こども | 아이
a.i |

嬰孩

| 赤ちゃん
あか | 아기
a.gi |

親戚

| 親戚
しんせき | 친척
chin.cheok |

媳婦

| 嫁
よめ | 며느리
myeo.neu.ri |

女婿

| 婿
むこ | 사위
sa.wi |

自己

| 自分
じぶん | 자신
ja.sin |

子孫

| 子孫
しそん | 자손
ja.son |

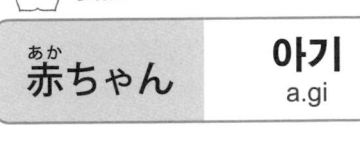
家族，同族

| 家族
かぞく | 가족
ga.jok |

家庭

| 家庭
かてい | 가정
ga.jeong |

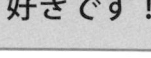 我很喜歡！

| 好きです！ | **좋아해요！** |
| jo.a.hae.yo |

我很快樂！

| たのしいです！ | **즐거워요！** |
| jeul.geo.wo.yo |

太好了！

| 良かった！ | **다행이네요.** |
| da.haeng.i.ne.yo |

我很開心！

| うれしいです！ | **기뻐요.** |
| gi.ppeo.yo |

 我很幸福！

| 幸せです！ | **행복해요！** |
| haeng.bo.kae.yo |

好有趣喔！

| 面白いですね！ | **재미있네요！** |
| jae.mi.in.ne.yo |

心情真好！

| 気分がいいです！ | **기분이 좋아요.** |
| gi.bu.ni.jo.a.yo |

非常感動！

| 感動しました！ | **감동했어요！** |
| gam.dong.hae.sseo.yo |

 太棒啦！

| 最高です！ | **최고예요！** |
| choe.go.ye.yo |

真了不起！

| 立派ですね！ | **훌륭하네요！** |
| hul.lyung.ha.ne.yo |

太不可思議啦！

| 不思議ですね！ | **신기해요.** |
| sin.gi.hae.yo |

很吃驚！

| 驚きました！ | **놀랐어요！** |
| nol.la.sseo.yo |

嚇我一大跳！

| びっくりしました！ | **깜짝 놀랐어요！** |
| kkam.jjang.nol.la.sseo.yo |

真不敢相信！

| 信じられない
です！ | **믿을 수 없어요！** |
| mid.eur.su.eop.seo.yo |

不會是真的吧？

うそでしょ？ **말도 안 되요.**
mal.do.an.doe.yo

我很生氣！

^{はら}^た腹が立ちました！ **화가 났어요！**
hwa.ga.na.sseo.yo

太可惜了！

^{くや}悔しいです！ **억울해요.**
eo.gul.hae.yo

太恐怖了！

^{こわ}怖いです！ **무서워요.**
mu.seo.wo.yo

真討厭！

^{きら}嫌いです！ **싫어해요！**
si.reo.hae.yo

我不舒服。

^{き ぶん}^{わる}気分が悪いです。 **기분이 나빠요.**
gi.bu.ni.na.ppa.yo

真不痛快！

すっきりしない
です！ **답답해요.**
dap.dda.pae.yo

我很悲傷！

^{かな}悲しいです！ **슬퍼요.**
seul.peo.yo

我感到寂寞。

^{さび}寂しいです。 **외로워요.**
oe.ro.wo.yo

真沒意思！

つまらないです！ **재미없어요.**
jae.mi.eop.seo.yo

還可以！

まあまあです！ **그저 그래요.**
geu.jeo.geu.rae.yo

我心裡沒底！

^{こころぼそ}心細いです！ **불안해요.**
bu.ran.hae.yo

我很痛苦！

つらいです！ **괴로워요.**
goe.ro.wo.yo

怎樣辦？

どうしよう？ **어떡하지！**
eo.tteo.ka.ji

1 日期、星期

1 月	
いちがつ 1月	**일월** i.rwol

2 月	
に がつ 2月	**이월** i.wol

3 月	
さんがつ 3月	**삼월** sa.mwol

4 月	
し がつ 4月	**사월** sa.wol

5 月	
ご がつ 5月	**오월** o.wol

6 月	
ろくがつ 6月	**유월** yu.wol

7 月	
しちがつ 7月	**칠월** chi.rwol

8 月	
はちがつ 8月	**팔월** pa.rwol

9 月	
く がつ 9月	**구월** gu.wol

10 月	
じゅう がつ 10月	**시월** si.wol

11 月	
じゅういち がつ 1 1 月	**십일월** si.bi.rwol

12 月	
じゅうに がつ 1 2 月	**십이월** si.bi.wol

星期日	
にちよう び 日曜日	**일요일** i.ryo.il

星期一	
げつよう び 月曜日	**월요일** wo.ryo.il

星期二
火曜日 <ruby>火<rt>か</rt>曜<rt>よう</rt>日<rt>び</rt></ruby>
화요일
hwa.yo.il

星期三
水曜日 <ruby>水<rt>すい</rt>曜<rt>よう</rt>日<rt>び</rt></ruby>
수요일
su.yo.il

星期四
木曜日 <ruby>木<rt>もく</rt>曜<rt>よう</rt>日<rt>び</rt></ruby>
목요일
mo.gyo.il

星期五
金曜日 <ruby>金<rt>きん</rt>曜<rt>よう</rt>日<rt>び</rt></ruby>
금요일
geu.myo.il

星期六
土曜日 <ruby>土<rt>ど</rt>曜<rt>よう</rt>日<rt>び</rt></ruby>
토요일
to.yo.il

小時，時
時間 <ruby>時<rt>じ</rt>間<rt>かん</rt></ruby>
시간
si.gan

時刻，鐘點
時刻 <ruby>時<rt>じ</rt>刻<rt>こく</rt></ruby>
시각
si.gak

秒
秒 <ruby>秒<rt>びょう</rt></ruby>
초
cho

分
分 <ruby>分<rt>ふん/ぶん</rt></ruby>
분
bun

週，星期
週 <ruby>週<rt>しゅう</rt></ruby>
주
ju

日
日 <ruby>日<rt>ひ/にち</rt></ruby>
일
il

月
月 <ruby>月<rt>つき/がつ</rt></ruby>
월
wol

年
年 <ruby>年<rt>ねん/とし</rt></ruby>
년
nyeon

世紀
世紀 <ruby>世<rt>せい</rt>紀<rt>き</rt></ruby>
세기
se.gi

CD
12

每天	
毎日 まいにち	**매일** mae.il

今天	
今日 きょう	**오늘** o.neul

昨天	
昨日 きのう	**어제** eo.je

明天	
明日 あした	**내일** nae.il

前天	
おととい	**그저께** geu.jeo.kke

後天	
あさって	**모레** mo.re

大後天	
しあさって	**글피** geul.pi

次日	
翌日 よくじつ	**다음날** da.eum.nal

前一天	
前日 ぜんじつ	**전날** jeon.nal

上個星期	
先週 せんしゅう	**지난주** ji.nan.ju

這個星期	
今週 こんしゅう	**이번주** i.beon.ju

下個星期	
来週 らいしゅう	**다음주** da.eum.ju

上個月	
先月 せんげつ	**지난달** ji.nan.dal

這個月	
今月 こんげつ	**이번달** i.beon.dal

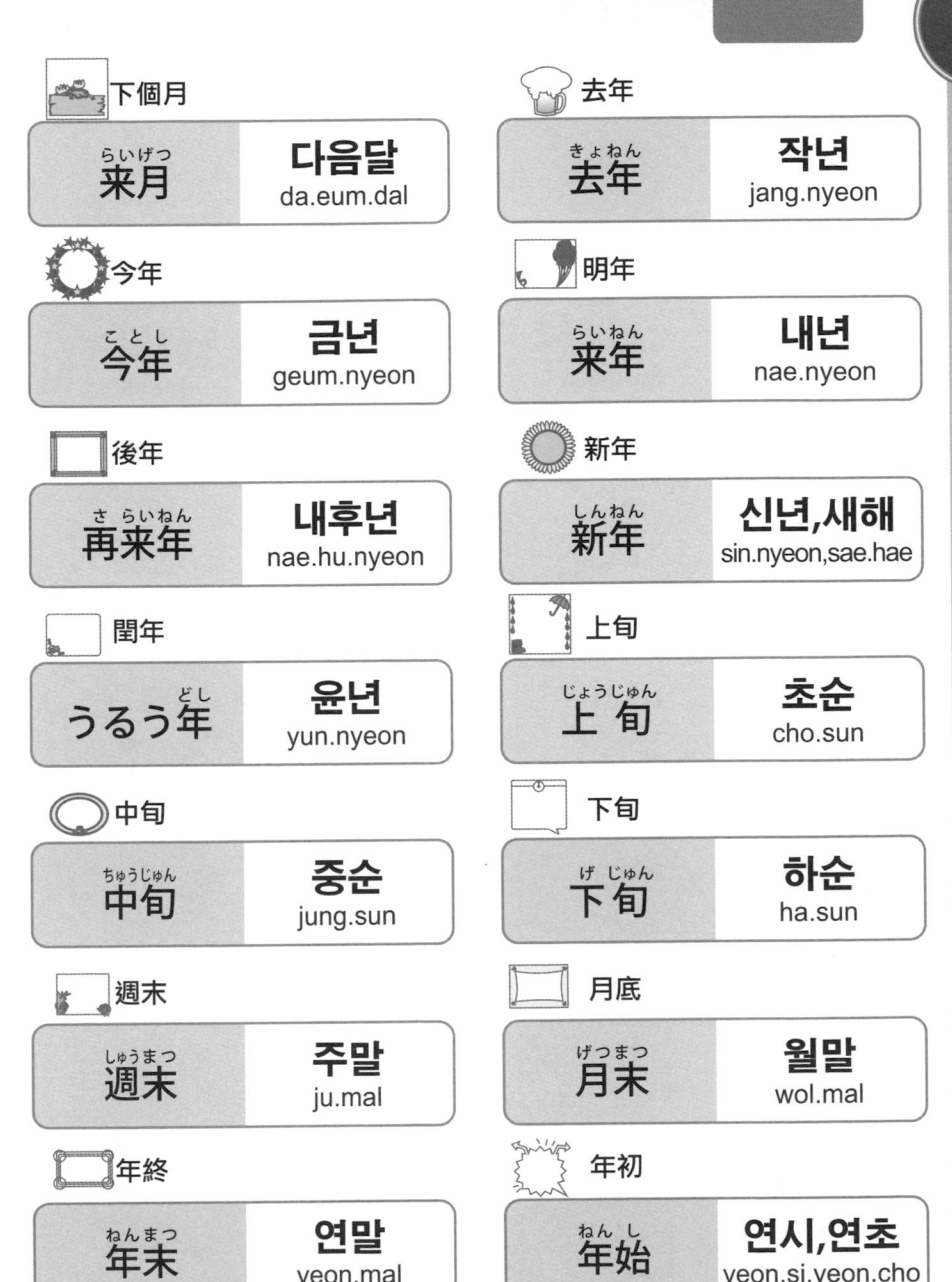

下個月

| 来月 _{らいげつ} | 다음달
da.eum.dal |

去年

| 去年 _{きょねん} | 작년
jang.nyeon |

今年

| 今年 _{ことし} | 금년
geum.nyeon |

明年

| 来年 _{らいねん} | 내년
nae.nyeon |

後年

| 再来年 _{さらいねん} | 내후년
nae.hu.nyeon |

新年

| 新年 _{しんねん} | 신년,새해
sin.nyeon,sae.hae |

閏年

| うるう年 _{どし} | 윤년
yun.nyeon |

上旬

| 上旬 _{じょうじゅん} | 초순
cho.sun |

中旬

| 中旬 _{ちゅうじゅん} | 중순
jung.sun |

下旬

| 下旬 _{げじゅん} | 하순
ha.sun |

週末

| 週末 _{しゅうまつ} | 주말
ju.mal |

月底

| 月末 _{げつまつ} | 월말
wol.mal |

年終

| 年末 _{ねんまつ} | 연말
yeon.mal |

年初

| 年始 _{ねんし} | 연시,연초
yeon.si,yeon.cho |

3 量詞

CD 13

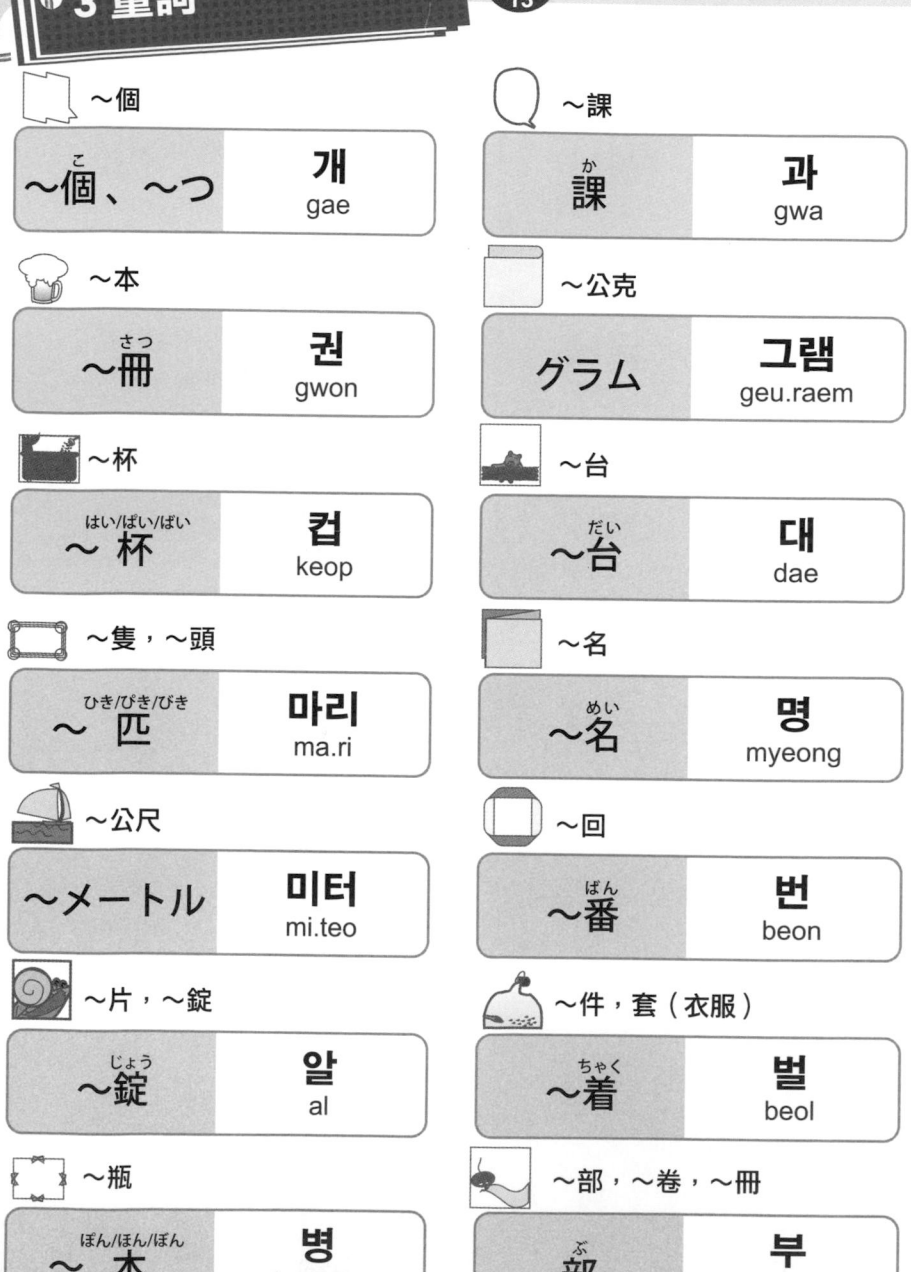

~個

~個、~つ	개 gae

~課

課 か	과 gwa

~本

~冊 さつ	권 gwon

~公克

グラム	그램 geu.raem

~杯

~杯 はい/ぱい/ばい	컵 keop

~台

~台 だい	대 dae

~隻，~頭

~匹 ひき/ぴき/びき	마리 ma.ri

~名

~名 めい	명 myeong

~公尺

~メートル	미터 mi.teo

~回

~番 ばん	번 beon

~片，~錠

~錠 じょう	알 al

~件，套（衣服）

~着 ちゃく	벌 beol

~瓶

~本 ほん/ぼん/ぽん	병 byeong

~部，~巻，~冊

部 ぶ	부 bu

~馬力

ば りき 〜馬力	마력 ma.ryeok

~歲

さ い 〜歳	세,살 se,sal

~頁

〜ページ	쪽 jjok

~雙

そく/ぞく 〜足	컬레 kyeol.le

~匙

〜さじ	술,숟가락 sur,sut.gga.rak

~袋,包

ふくろ/ぶくろ 〜袋	봉지 bong.ji

~坪

つぼ 〜坪	평 pyeong

~人

にん 〜人	사람 sa.ram

~張

まい 〜枚	장 jang

~間（房屋等）

けん 〜軒	채 chae

~朵（花等）

りん 〜輪	송이 song.i

~立方厘米，cc

CC	시시 ssi.ssi

元，圓（韓國貨幣單位）

ウォン	원 won

~號

ごう 〜号	호 ho

●4 方向

方向 ほうこう	**방향** bang.hyang

西 にし	**서쪽** seo.jjok

北 きた	**북쪽** buk.jjok

左 ひだり	**왼쪽** oen.jjok

下 した	**아래** a.rae

後 うしろ	**뒤** dwi

裏側 うらがわ	**뒷면** dwin.myeon

東
東 ひがし	**동쪽** dong.jjok

南
南 みなみ	**남쪽** nam.jjok

右
右 みぎ	**오른쪽** o.reun.jjok

上
上 うえ	**위** wi

前面
前 まえ	**앞** ap

正面，前面
表側 おもてがわ	**앞면** am.myeon

裡面
中、內 なか　うち	**안,속** an,sok

外面

外 _{そと}	밖 bak

旁邊

横 _{よこ}	옆 yeop

中間，正中間

真ん中 _ま _{なか}	가운데 ga.un.de

裡面，深處

奥 _{おく}	안쪽 an.jjok

直，一直

まっすぐ	곧장 got.jjang

斜面，對角線

斜め _{なな}	대각선 dae.gak.seon

角落

隅 _{すみ}	모퉁이 mo.tung.i

這邊

こちら、 こっち	여기 yeo.gi

那邊

そちら、 そっち	거기 geo.gi

那邊

あちら、 あっち	저기 jeo.gi

盡頭

突き当たり _つ _あ	막다른곳 mak.dda.reun.got

垂直

垂直 _{すいちょく}	수직 su.jik

左右

左右 _さ _{ゆう}	좌우 jwa.u

周圍，四周

周囲 _{しゅう} _い	주위,주변 ju.wi,ju.byeon

CD
15

顔色

色 <ruby>いろ</ruby>	**색깔** saek.kkal

紅

赤 <ruby>あか</ruby>	**빨강** ppal.gang

黃

黄 <ruby>き</ruby>	**노랑** no.rang

綠

緑 <ruby>みどり</ruby>	**초록** cho.rok

藍

青 <ruby>あお</ruby>	**파랑** pa.rang

白

白 <ruby>しろ</ruby>	**흰색** hin.saek

黑

黒 <ruby>くろ</ruby>	**검정** geom.jeong

灰色

灰色 <ruby>はいいろ</ruby>	**회색** hoe.saek

紫色

紫色 <ruby>むらさきいろ</ruby>	**보라색** bo.ra.saek

粉色

ピンク、桃色 <ruby>ももいろ</ruby>	**분홍색** bun.hong.saek

胭脂色

臙脂 <ruby>えんじ</ruby>	**연지** yeon.ji

橙黃色

橙色 <ruby>だいだいいろ</ruby>	**주황색** ju.hwang.saek

褐色，茶色

茶色、褐色 <ruby>ちゃいろ</ruby> <ruby>かっしょく</ruby>	**갈색** gal.saek

虹的七種色彩

虹色 <ruby>にじいろ</ruby>	**무지개색** mu.ji.gae.saek

 水色，淡藍色

| みずいろ
水色 | 물빛
mul.bit |

 藏青色

| こんいろ
紺色 | 감색
gam.saeg |

 深藍色

| こんいろ
紺色 | 남색
nam.saeg |

 米色

| ベージュ | 베이지
be.i.ji |

金色

| きんいろ
金色 | 금색
geum.saek |

 銀色

| ぎんいろ
銀色 | 은색
eun.saek |

螢光色

| けいこうしょく
蛍光色 | 형광색
hyeong.gwang.saek |

 一樣的顏色

| おな いろ
同じ色 | 같은색
ga.teun.saek |

 條紋

| ストライプ | 줄무늬
jul.mu.ni |

 圓點，點點

| みずたま
水玉 | 물방울
mul.bang.ul |

 花紋

| はながら
花柄 | 꽃무늬
kkon.mu.ni |

 素色

| むじ
無地 | 인무늬
min.mu.ni |

CD 16

大的	
<ruby>大<rt>おお</rt></ruby>きい	크다 keu.da

小的	
<ruby>小<rt>ちい</rt></ruby>さい	작다 jak.dda

長的	
<ruby>長<rt>なが</rt></ruby>い	길다 gil.da

短的	
<ruby>短<rt>みじか</rt></ruby>い	짧다 jjalp.dda

粗的	
<ruby>太<rt>ふと</rt></ruby>い	굵다 gulk.dda

細的	
<ruby>細<rt>ほそ</rt></ruby>い	가늘다 ga.neul.da

厚的	
<ruby>厚<rt>あつ</rt></ruby>い	두껍다 du.kkeop.dda

薄的	
<ruby>薄<rt>うす</rt></ruby>い	얇다 yalp.dda

圓的	
<ruby>丸<rt>まる</rt></ruby>い	둥글다 dung.geul.da

四角形	
<ruby>四角<rt>しかく</rt></ruby>い	네모나다 ne.mo.na.da

菱形	
<ruby>菱形<rt>ひしがた</rt></ruby>	마름모꼴 ma.reum.mo.kkol

梯形	
<ruby>台形<rt>だいけい</rt></ruby>	사다리꼴 sa.da.ri.kkol

正方形	
<ruby>正方形<rt>せいほうけい</rt></ruby>	정사각형 jeong.sa.ga.kyeong

長方形	
<ruby>長方形<rt>ちょうほうけい</rt></ruby>	직사각형 jik.sa.ga.kyeong

橢圓形	
楕円形 だえんけい	타원형 ta.won.hyeong

大型	
大型 おおがた	대형 dae.hyeong

粗糙的	
粗い あら	꺼칠꺼칠하다 kkeo.chil.kkeo.chil.ha.da

硬的	
硬い かた	단단하다 dan.dan.ha.da

沉重的	
重い おも	무겁다 mu.geop.dda

尖銳的	
鋭い するど	날카롭다 nal.ka.rop.dda

美麗的	
美しい うつく	아름답다 a.reum.dap.dda

愛心形	
ハート形 がた	하트 ha.teu

小型	
小型 こがた	소형 so.hyeong

細小的	
細かい こま	잘다 jal.da

柔軟的	
柔らかい やわ	부드럽다 bu.deu.reop.dda

輕的	
軽い かる	가볍다 ga.byeop.dda

遲鈍的	
鈍い にぶ	무디다 mu.di.da

骯髒的	
汚い きたな	더럽다 deo.reop.dda

CD 17

亞洲

アジア	아시아 a.si.a

歐洲

ヨーロッパ	유럽 yu.reop

中國

ちゅうごく 中国	중국 jung.guk

日本

に ほん 日本	일본 il.bon

北韓

きたちょうせん 北朝鮮	북한 bu.kan

英國

イギリス	영국 yeong.guk

德國

ドイツ	독일 do.gil

非洲

アフリカ	아프리카 a.peu.ri.ka

台灣

たいわん 台湾	대만 dae.man

香港

ホンコン 香港	홍콩 hong.kong

韓國

かんこく 韓国	한국 han.guk

美國

アメリカ	미국 mi.guk

義大利

イタリア	이탈리아 i.tal.li.a

挪威

ノルウェー	노르웨이 no.reu.we.i

巴西

| ブラジル | 브라질
beu.ra.jil |

印度

| インド | 인도
in.do |

澳大利亞

| オーストラリア | 오스트레일리아
o.seu.teu.re.il.li.a |

瑞士

| スイス | 스위스
seu.wi.seu |

俄羅斯

| ロシア | 러시아
reo.si.a |

智利

| チリ | 칠레
chil.le |

波蘭

| ポーランド | 폴란드
pol.lan.deu |

法國

| フランス | 프랑스
peu.rang.seu |

埃及

| エジプト | 이집트
i.jip.teu |

加拿大

| カナダ | 캐나다
kae.na.da |

西班牙

| スペイン | 스페인
seu.pe.in |

泰國

| タイ | 태국
te.guk |

越南

| ベトナム | 베트남
be.teu.nam |

馬來西亞

| マレーシア | 말레이지아
mal.le.i.ji.a |

CD
18

	身體		
かお 体	몸 mom		

身體

からだ 体	몸 mom

頭

あたま 頭	머리 meo.ri

臉

かお 顔	얼굴 eol.gul

喉嚨

のど 喉	목구멍 mok.ggu.meong

脖子

くび 首	목 mok

肩膀

かた 肩	어깨 eo.kkae

胸部

むね 胸	가슴 ga.seum

肚子

おなか、腹 はら	배 bae

腰部

こし 腰	허리 heo.ri

背部

せ なか 背中	등 deung

胳膊

うで 腕	팔 pal

手肘

ひじ 肘	팔꿈치 pal.kkum.chi

手腕

て くび 手首	손목 son.mok

手部

て 手	손 son

手指	
指 ゆび	**손가락** son.gga.rak

脚	
脚 あし	**다리** da.ri

膝蓋	
膝 ひざ	**무릎** mu.reup

大腿	
太もも ふと	**넓적다리** neolp.jjeok.da.ri

腳踝	
足首 あしくび	**발목** bal.mok

腳	
足 あし	**발** bal

屁股	
尻 しり	**엉덩이** eong.deong.i

關節	
関節 かんせつ	**관절** gwan.jeol

肌肉	
筋肉 きんにく	**근육** geu.nyuk

骨頭	
骨 ほね	**뼈** ppyeo

細胞	
細胞 さいぼう	**세포** se.po

腦部	
脳 のう	**뇌** noe

動脈	
動脈 どうみゃく	**동맥** dong.maek

刺青	
入れ墨、 い ずみ タトゥー	**문신** mun.sin

CD
19

額頭	
額 (ひたい)	**이마** i.ma

臉頰	
頰 (ほお/ほほ)	**볼** bol

眼睛	
目 (め)	**눈** nun

鼻子	
鼻 (はな)	**코** ko

耳朵	
耳 (みみ)	**귀** gwi

嘴巴	
口 (くち)	**입** ip

牙齒	
歯 (は)	**이** i

舌頭	
舌 (した)	**혀** hyeo

嘴唇	
唇 (くちびる)	**입술** ip.sul

眉毛	
眉毛 (まゆげ)	**눈썹** nun.sseop

鬍鬚	
ひげ	**수염** su.yeom

頭髮	
髪 (かみ)	**머리카락** meo.ri.ka.rak

腋下	
わき	**겨드랑이** gyeo.deu.rang.i

肚臍	
へそ	**배꼽** bae.kkop

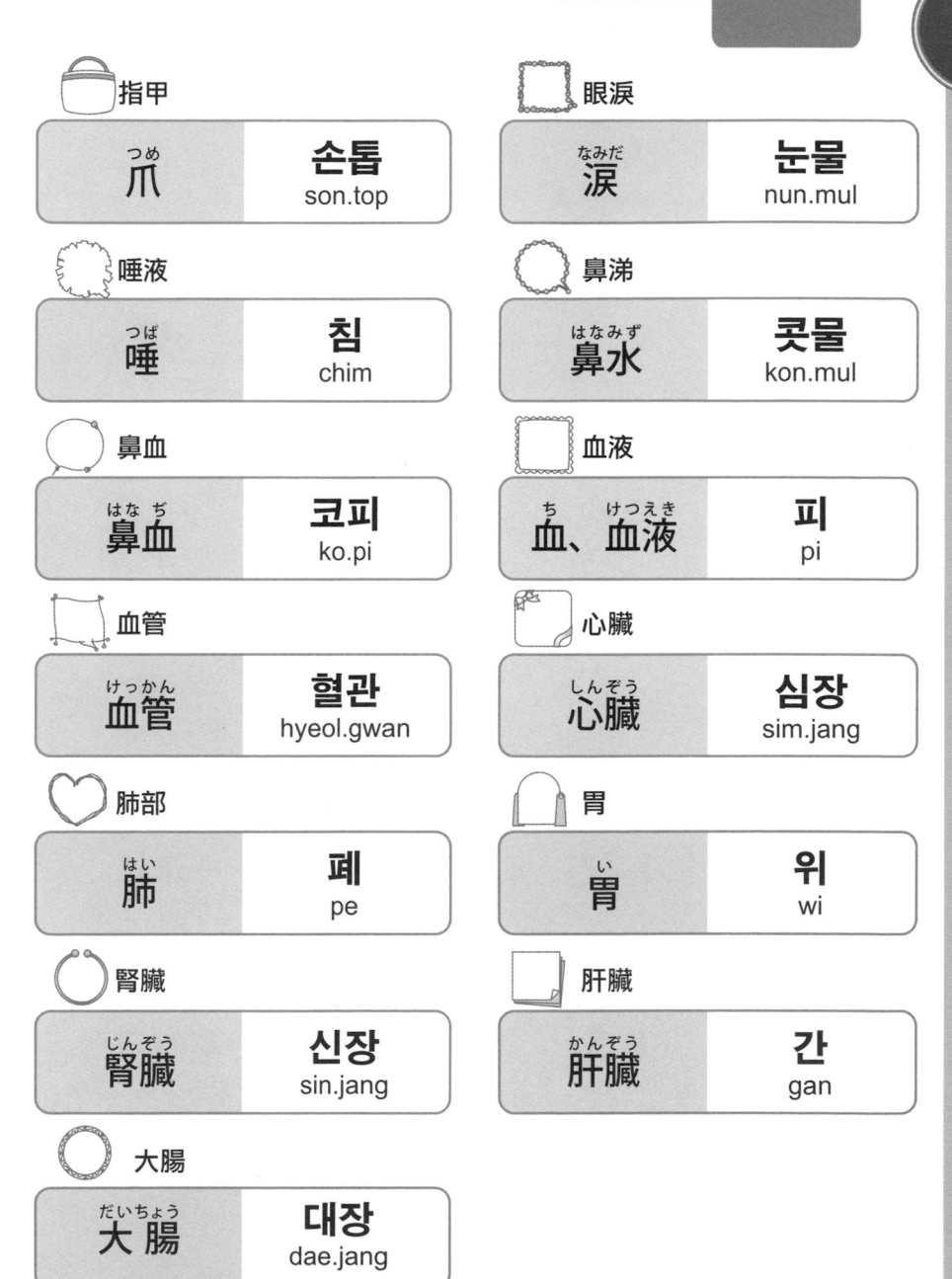

指甲	
つめ 爪	손톱 son.top

眼淚	
なみだ 涙	눈물 nun.mul

唾液	
つば 唾	침 chim

鼻涕	
はなみず 鼻水	콧물 kon.mul

鼻血	
はなぢ 鼻血	코피 ko.pi

血液	
ち けつえき 血、血液	피 pi

血管	
けっかん 血管	혈관 hyeol.gwan

心臟	
しんぞう 心臟	심장 sim.jang

肺部	
はい 肺	폐 pe

胃	
い 胃	위 wi

腎臟	
じんぞう 腎臟	신장 sin.jang

肝臟	
かんぞう 肝臟	간 gan

大腸	
だいちょう 大腸	대장 dae.jang

1 衣服

T 恤

Tシャツ	**T셔츠** T.syeo.cheu

Y 領襯衫

ワイシャツ	**Y셔츠** Y.syeo.cheu

襯衫

シャツ	**셔츠** syeo.cheu

大衣

コート	**코트** ko.teu

夾克

ジャンパー	**점퍼** jeom.peo

套裝

スーツ	**정장** jeong.jang

毛衣

セーター	**스웨터** seu.we.teo

睡衣

パジャマ	**잠옷** ja.mot

開襟毛衣

カーディガン	**가디건** ga.di.geon

女禮服

ドレス	**드레스** deu.re.seu

裙子

スカート	**치마** chi.ma

女用襯衫

ブラウス	**블라우스** beul.la.u.seu

褲子

ズボン	**바지** ba.ji

毛皮

<ruby>毛皮<rt>けがわ</rt></ruby>	**모피** mo.pi

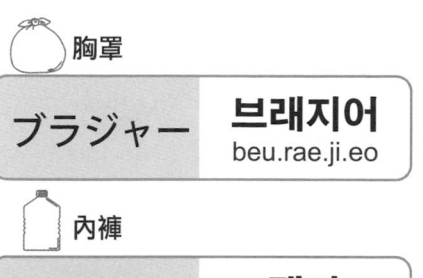
胸罩

| ブラジャー | **브래지어**
beu.rae.ji.eo |

比基尼

| ビキニ | **비키니**
bi.ki.ni |

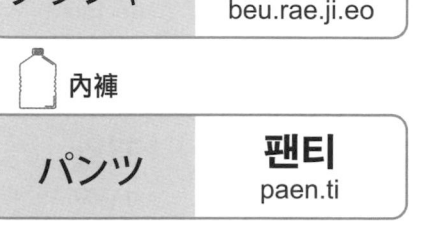
內褲

| パンツ | **팬티**
paen.ti |

短褲

| ショートパンツ | **반바지**
ban.ba.ji |

外衣，上衣

| <ruby>上<rt>うわ</rt></ruby><ruby>着<rt>ぎ</rt></ruby> | **윗도리**
wit.ddo.ri |

內衣

| <ruby>下<rt>した</rt></ruby><ruby>着<rt>ぎ</rt></ruby> | **속옷**
so.got |

泳裝

| <ruby>水<rt>みず</rt></ruby><ruby>着<rt>ぎ</rt></ruby> | **수영복**
su.yeong.bok |

短袖

| <ruby>半<rt>はん</rt></ruby><ruby>袖<rt>そで</rt></ruby> | **반팔**
ban.pal |

長袖

| <ruby>長<rt>なが</rt></ruby><ruby>袖<rt>そで</rt></ruby> | **긴팔**
gin.pal |

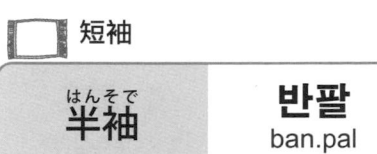
衣服

| <ruby>服<rt>ふく</rt></ruby> | **옷**
ot |

西服

| <ruby>洋<rt>よう</rt></ruby><ruby>服<rt>ふく</rt></ruby> | **양복**
yang.bok |

韓服

| <ruby>韓<rt>かん</rt></ruby><ruby>国<rt>こく</rt></ruby><ruby>服<rt>ふく</rt></ruby> | **한복**
han.bok |

和服

| <ruby>着<rt>き</rt></ruby><ruby>物<rt>もの</rt></ruby>、<ruby>和<rt>わ</rt></ruby><ruby>服<rt>ふく</rt></ruby> | **기모노**
gi.mo.no |

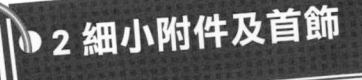 **2 細小附件及首飾**

帽子

帽子（ぼうし）	모자 mo.ja

皮帶

ベルト	벨트 bel.teu

皮包

かばん	가방 ga.bang

錢包

財布（さいふ）	지갑 ji.gap

記事本

手帳（てちょう）	수첩 su.cheop

數位相機

デジカメ	디지털카메라 di.ji.teol.ka.me.ra

手機

携帯電話（けいたいでんわ）	휴대폰 hyu.dae.pon

吊飾

ストラップ	악세사리 ak.se.sa.ri

太陽眼鏡

サングラス	선글라스 seon.geul.la.seu

眼鏡

眼鏡（めがね）	안경 an.gyeong

戒指

指輪（ゆびわ）	반지 ban.ji

絲巾

スカーフ	스카프 seu.ka.peu

圍巾

マフラー	목도리 mok.do.ri

手帕

ハンカチ	손수건 son.su.geon

紙巾，衛生紙

ティッシュ	휴지 hyu.ji

手套

て ぶくろ 手袋	장갑 jang.gap

手錶

うで ど けい 腕時計	손목시계 son.mok.si.gye

襪子

くつした 靴下	양말 yang.mal

絲襪

ストッキング	스타킹 seu.ta.king

鑰匙圈

キーホルダー	열쇠고리 yeol.soe.go.ri

綁頭髮的橡皮筋

ヘアゴム	머리끈 meo.ri.kkeun

髮夾

ヘアピン	머리핀 meo.ri.pin

手鐲

ブレスレット	팔찌 pal.jji

耳環

イヤリング	귀걸이 gwi.geo.ri

胸針

ブローチ	브로치 beu.ro.chi

項鍊

ネックレス	목걸이 mok.ggeo.ri

鑽石

ダイヤモンド	다이아몬드 da.i.a.mon.deu

紅寶石

ルビー	루비 ru.bi

寶石

ほうせき 宝石	보석 bo.seok

金，黃金

きん 金、ゴールド	금,황금 geum,hwang.geum

銀，白銀

ぎん 銀、シルバー	은 eun

珍珠

しんじゅ 真珠、パール	진주 jin.ju

CD
22

味道		品嚐味道	
味 あじ	**맛** mat	味見する あじ み	**맛보다** mat.bbo.da

好吃		香的	
おいしい	**맛있다** ma.sit.dda	香ばしい こう	**구수하다** gu.su.ha.da

新鮮的		酸的	
新鮮だ しんせん	**신선하다** sin.seon.ha.da	酸っぱい す	**시다** si.da

鹹的		甜的	
しょっぱい	**짜다** jja.da	甘い あま	**달다** dal.da

酸甜的		苦的	
甘酸っぱい あま ず	**새콤달콤하다** sae.kom.dal.kom.ha.da	苦い にが	**쓰다** sseu.da

辣的		澀味的	
辛い から	**맵다** maep.dda	渋い しぶ	**떫다** tteolp.dda

不好吃的		臭的	
まずい	**맛없다** ma.deop.dda	くさい	**구리다** gu.ri.da

第4章 穿吃住

腥味的

なまぐさ
生臭い
| 비리다
bi.ri.da

油膩的

あぶら
脂っこい
| 느끼하다
neu.kki.ha.da

燒焦味的

こ くさ
焦げ臭い
| 탄냄새가나다
tan.naem.sae.ga.na.da

熱的

あつ
熱い
| 뜨겁다
tteu.geop.dda

冷的

つめ
冷たい
| 차다
cha.da

濃的，濃稠的

こ
濃い
| 진하다
jin.ha.da

淡的，不夠鹹的

うす
薄い
| 싱겁다
sing.geop.dda

硬的

かた
硬い
| 딱딱하다
ttak.tta.ka.da

不油膩的，清淡的

さっぱりしている、
あっさりしている
| 담백하다
dam.bae.ka.da

咯吱咯吱（酥脆聲）

さくさく
| 바삭바삭
ba.sak.ba.sag

清爽

さわやかだ
| 상큼하다
sang.keum.ha.da

咔嚓咔嚓（清脆聲）

しゃきしゃき
| 사각사각
sa.gak.sa.gak

41

 **4 日本料理**

 CD 23

日本菜

| 日本料理
に ほんりょう り | 일본요리
il.bo.nyo.ri |

烤肉

| 焼肉
やきにく | 불고기
bul.go.gi |

親子丼（雞肉雞蛋蓋飯）

| 親子丼
おや こ どん | 닭고기 계란 덮밥
dalk.ggo.gi.gye.ran.deop.bbap |

味噌湯

| みそ汁
しる | 된장국
doen.jang.guk |

烏龍麵

| うどん | 우동
u.dong |

生魚片

| 刺身
さし み | 사시미,회
sa.si.mi,hoe |

牛肉蓋飯

| 牛丼
ぎゅうどん | 소고기덮밥
so.go.gi.deop.bbap |

荷包蛋

| 目玉焼き
め だま や | 계란후라이
gye.ran.hu.ra.i |

納豆

| 納豆
なっとう | 낫토
nat.to |

烤雞肉

| やきとり | 닭꼬치
dalk.kko.chi |

蕎麥麵

| そば | 메밀국수
me.mil.guk.su |

炒麵

| 焼きそば
や | 볶음면
bo.kkeum.myeon |

御飯糰

| おにぎり、
おむすび | 삼각김밥
sam.gak.ggim.bbap |

關東煮

| おでん | 오뎅
o.deng |

大阪燒，什錦燒（雜樣煎菜餅）

| お好_こみ焼_やき | オコノミヤキ
o.ko.no.mi.ya.ki |

鹹梅（醃的梅子）

| 梅干_{うめ ぼ}し | 매실(장아찌)
mae.sir.jang.a.jji |

油豆腐壽司

| いなりずし | 유부초밥
yu.bu.cho.bap |

年糕，麻糬

| 餅_{もち} | 떡
tteok |

壽司

| すし | 초밥
cho.bap |

章魚燒

| たこやき | 타코야키
ta.ko.ya.ki |

天婦羅（油炸蝦魚菜等）

| 天_{てん}ぷら | 튀김
twi.gim |

和菓子（日式點心）

| 和菓子_{わ が し} | 화과자
hwa.gwa.ja |

迴轉壽司

| 回転_{かいてん}ずし | 회전초밥
hoe.jeon.cho.bap |

鐵板燒

| 鉄板焼_{てっぱん や}き | 철판구이
cheol.pan.gu.i |

鮟鱇鍋

| アンコウ鍋_{なべ} | 아구탕
a.gu.tang |

火鍋料理

| 鍋料理_{なべりょう り} | 냄비요리
naem.bi.yo.ri |

壽喜燒

| すき焼_やき | 스키야키
seu.ki.ya.ki |

涮涮鍋

| しゃぶしゃぶ | 샤브샤브
sya.beu.sya.beu |

CD 24

韓國泡菜		湯飯	
キムチ	**김치** gim.chi	クッパ	**국밥** guk.bbap

烤三層肉		人參雞湯	
サムギョプサル	**삼겹살** sam.gyeop.sal	サムゲタン	**삼계탕** sam.ge.tang

韓式純豆腐		燒烤雞肉蔬菜料理	
スンドゥブ	**순두부** sun.du.bu	タッカルビ	**닭갈비** dalk.ggal.bi

韓國火鍋		棒狀年糕	
チゲ	**찌개** jji.gae	トッポッキ	**떡볶이** tteok.bbo.kki

韓國 BB 拌飯		（烤）石鍋拌飯	
ビビンバ	**비빔밥** bi.bim.bbap	石焼きビビンバ	**돌솥비빔밥** dol.sot.bi.bim.bbap

韓國燒烤		生牛肉料理	
プルコギ	**불고기** bul.go.gi	ユッケ	**육회** yu.koe

冷麵		海苔	
冷麵	**냉면** naeng.myeon	のり	**김** gim

 面疙瘩湯

| すいとん | 수제비
su.je.bi |

 鍋巴

| おこげ | 누룽지
nu.rung.ji |

燉煮整隻雞的火鍋

| タッカンマリ | 닭한마리
da.kan.ma.ri |

 烤魚

| やきざかな
焼魚 | 생선구이
saeng.seon.gu.i |

 裙帶菜湯

| わかめスープ | 미역국
mi.yeok. gguk |

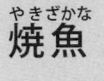 辣味香腸

| からみ
辛味ソーセージ | 부대찌개
bu.dae.jji.gae |

黃瓜韓國泡菜

| きゅうりのキムチ | 오이김치
o.i.gim.chi |

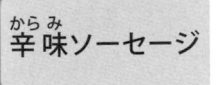 豆芽菜

| もやし | 콩나물
kong.na.mul |

 烤肉串

| くしゃ
串焼き | 꼬치구이
kko.chi.gu.i |

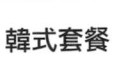 韓式套餐

| かんこくしきていしょく
韓国式定食 | 한정식
han.jeong.sik |

 韓國菜

| かんこくりょうり
韓国料理 | 한국요리
han.gung.yo.ri |

甜點

デザート	디저트
	di.jeo.teu

炸薯條

フライドポテト	감자튀김
	gam.ja.twi.gim

三明治

サンドイッチ	샌드위치
	saen.deu.wi.chi

牛排

ビーフステーキ	스테이크
	seu.te.i.keu

義大利麵

スパゲッティ	스파게티
	seu.pa.ge.ti

咖喱飯

カレーライス	카레라이스
	ka.re.ra.i.seu

義大利麵

パスタ	파스타
	pa.seu.ta

麵包

パン	빵
	ppang

什錦奶汁烤菜

グラタン	그라탕
	geu.ra.tang

沙拉

サラダ	샐러드
	sael.leo.deu

燉濃湯

シチュー	스튜
	seu.tyu

蛋包飯

オムライス	오무라이스
	o.mu.ra.i.seu

土司麵包

トースト	토스트
	to.seu.teu

炸雞

フライドチキン	프라이드치킨
	peu.ra.i.deu.chi.kin

法國菜	
フランス料理	**프랑스요리** peu.rang.seu.yo.ri

比薩	
ピザ	**피자** pi.ja

熱狗	
ホットドッグ	**핫도그** hat.ddo.geu

漢堡	
ハンバーガー	**햄버거** haem.beo.geo

湯	
スープ	**수프** su.peu

墨西哥捲餅	
タコス	**타코** ta.ko

什錦水果飲料	
フルーツポンチ	**후르츠 펀치** hu.reu.cheu.peon.chi

燻烤鮭魚	
スモークサーモン	**훈제연어** hun.je.yeo.neo

烤牛肉	
ローストビーフ	**로스트비프** ro.seu.teu.bi.peu

烤肉	
バーベキュー	**바베큐** ba.be.kyu

嫩煎肉等	
ソテー	**소테** so.te

快餐，速食食品	
ファストフード	**패스트푸드** pae.seu.teu.pu.deu

47

CD 26

咖啡

コーヒー	커피 keo.pi

可樂

コーラ	콜라 kol.la

果汁

ジュース	쥬스 ju.seu

水

みず 水	물 mul

礦泉水

ミネラルウォー ター	생수 saeng.su

牛奶

ぎゅうにゅう 牛乳	우유 u.yu

紅茶

こうちゃ 紅茶	홍차 hong.cha

烏龍茶

ウーロン茶	우롱차 u.rong.cha

綠茶

りょくちゃ 緑茶	녹차 nok.cha

冷開水

おひや	찬물 chan.mul

冰

こおり 氷	얼음 eo.reum

酒

さけ 酒	술 sul

威士忌

ウィスキー	위스키 wi.seu.ki

啤酒

ビール	맥주 maek.jju

生啤酒	
生ビール	생맥주 saeng.maek.jju

瓶裝啤酒	
瓶ビール	병맥주 byeong.maek.jju

葡萄酒	
ワイン	와인 wa.in

蘭姆酒	
ラム酒	럼주 reom.ju

韓國米酒	
トンドンジュ	동동주 dong.dong.ju

韓國濁米酒	
マッコリ	막걸리 mak.ggeol.li

梅子酒	
梅酒	매실주 mae.sil.ju

伏特加	
ウォッカ	보드카 bo.deu.ka

汽水	
サイダー	사이다 sa.i.da

香檳酒	
シャンパン	샴페인 siam.pe.in

燒酒	
焼酎	소주 so.ju

飲料	
飲み物	음료수 eum.ryo.su

CD 27

	南瓜	
かぼちゃ	**호박** ho.bak	

	小黃瓜	
きゅうり	**오이** o.i	

	牛蒡	
ごぼう	**우엉** u.eong	

	馬鈴薯	
じゃがいも	**감자** gam.ja	

	竹筍	
たけのこ	**죽순** juk.sun	

	韮菜	
にら	**부추** bu.chu	

	薺菜	
なずな	**냉이** naeng.i	

	高麗菜	
キャベツ	**양배추** yang.bae.chu	

	苦瓜	
苦瓜（にがうり）	**여주** yeo.ju	

	地瓜	
さつまいも	**고구마** go.gu.ma	

	香菇	
しいたけ	**표고버섯** pyo.go.beo.seot	

	洋蔥	
玉ねぎ（たま）	**양파** yang.pa	

	玉米	
とうもろこし	**옥수수** ok.su.su	

	人參	
朝鮮人参（ちょうせんにんじん）	**인삼** in.sam	

蔥，大蔥
| ねぎ | 파
pa |

菠菜
| ほうれん草^{そう} | 시금치
si.geum.chi |

萵苣
| レタス | 양상추
yang.sang.chu |

胡蘿蔔
| にんじん | 당근
dang.geun |

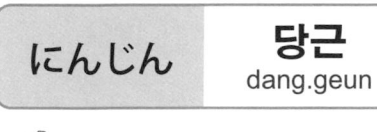

大白菜
| 白菜^{はくさい} | 배추
bae.chu |

黃瓜
| きゅうり | 오이
o.i |

蔬菜
| 野菜^{やさい} | 야채
ya.chae |

青椒
| ピーマン | 피망
pi.mang |

豆芽
| もやし | 콩나물
kong.na.mul |

蓮藕
| レンコン | 연근
yeon.geun |

蘿蔔
| 大根^{だいこん} | 무
mu |

芋頭
| 里芋^{さといも} | 토란
to.ran |

茄子
| なす | 가지
ga.ji |

CD 28

	魷魚，烏賊			鯖魚，青花魚
イカ	**오징어** o.jing.eo		サバ	**고등어** go.deung.eo

	章魚			干貝
タコ	**낙지** nak.ji		ホタテ	**가리비** ga.ri.bi

	貝類			海帶
貝 _{かい}	**조개** jo.gae		昆布 _{こんぶ}	**다시마** da.si.ma

	海螺			蝦
サザエ	**소라** so.ra		エビ	**새우** sae.u

	海苔			裙帶菜
ノリ	**김** gim		ワカメ	**미역** mi.yeok

	螃蟹			比目魚
カニ	**게** ge		ヒラメ	**넙치** neop.chi

	鱈魚			鯛魚
タラ	**대구** dae.gu		タイ	**도미** do.mi

秋刀魚

サンマ	꽁치 kkong.chi

鮭魚

サケ	연어 yeo.neo

鰻魚

ウナギ	장어 jang.eo

竹夾魚

アジ	전갱이 jeon.gaeng.i

鮪魚

マグロ	참치 cham.chi

魚

<ruby>魚<rt>さかな</rt></ruby>	생선 saeng.seon

肉

<ruby>肉<rt>にく</rt></ruby>	고기 go.gi

豬肉

<ruby>豚肉<rt>ぶたにく</rt></ruby>	돼지고기 dwae.ji.go.gi

雞肉

<ruby>鶏肉<rt>とりにく</rt></ruby>	닭고기 dalk.ggo.gi

牛肉

<ruby>牛肉<rt>ぎゅうにく</rt></ruby>	소고기 so.go.gi

羊肉

マトン、<ruby>羊肉<rt>ようにく</rt></ruby>	양고기 yang.go.gi

鴨肉

<ruby>鴨肉<rt>かもにく</rt></ruby>	오리고기 o.ri.go.gi

馬肉

<ruby>馬肉<rt>ばにく</rt></ruby>	말고기 mal.go.gi

10 水果

くだもの 果物	과일 gwa.il

水果

いちご	딸기 ttal.gi

草莓

さくらんぼ	버찌 beo.jji

櫻桃

なつめ	대추 dae.chu

棗子

バナナ	바나나 ba.na.na

香蕉

ぶどう	포도 po.do

葡萄

メロン	멜론 mel.lon

哈密瓜

あんず	살구 sal.gu

杏，山杏

キウイ	키위 ki.wi

奇異果

すもも	자두 ja.du

李子

パイナップル	파인애플 pa.i.nae.peul

鳳梨

びわ	비파열매 bi.pa.yeol.mae

枇杷

みかん	귤 gyul

橘子

りんご	사과 sa.gwa

蘋果

西瓜
| すいか | **수박**
su.bak |

柿子
| <ruby>柿<rt>かき</rt></ruby> | **감**
gam |

栗子
| <ruby>栗<rt>くり</rt></ruby> | **밤**
bam |

桃子
| <ruby>桃<rt>もも</rt></ruby> | **복숭아**
bok.sung.a |

梨子
| <ruby>梨<rt>なし</rt></ruby> | **배**
bae |

番茄
| トマト | **토마토**
to.ma.to |

檸檬
| レモン | **레몬**
re.mon |

芒果
| マンゴー | **망고**
mang.go |

梅子
| <ruby>梅<rt>うめ</rt></ruby> | **매실**
mae.sil |

柳丁
| オレンジ | **오렌지**
o.ren.ji |

木瓜
| パパイヤ | **파파야**
pa.pa.ya |

葡萄柚
| グレープフルーツ | **자몽**
ja.mong |

椰子
| ココナッツ | **코코넛**
ko.ko.neot |

CD
30

公寓，高級公寓		獨門獨戶的房屋	
アパート、マンション	**아파트** a.pa.teu	一戸建て （いっこだて）	**단독주택** dan.dok.ju.taek

家		門	
家 （いえ/うち）	**집** jip	門 （もん）	**문** mun

門		門把手	
ドア	**방문** bang.mun	ドアノブ	**문손잡이** mun.son.ja.bi

門牌，名牌		庭園	
表札 （ひょうさつ）	**문패** mun.pae	庭 （にわ）	**정원** jeong.won

玄關，門口		起居室	
玄関 （げんかん）	**현관** hyeon.gwan	居間 （いま）	**거실** geo.sil

屋頂		臥室	
屋根 （やね）	**지붕** ji.bung	寝室 （しんしつ）	**침실** chim.sil

廚房		書房	
台所、キッチン （だいどころ）	**부엌** bu.eok	書斎 （しょさい）	**서재** seo.jae

廁所

| トイレ | **화장실**
hwa.jang.sil |

陽台

| ベランダ | **베란다**
be.ran.da |

窗戶

| ^{まど}窓 | **창**
chang |

樓梯

| ^{かいだん}階段 | **계단**
gye.dan |

牆壁

| ^{かべ}壁 | **벽**
byeok |

天花板

| ^{てんじょう}天井 | **천장**
cheon.jang |

車庫

| ^{しゃこ}車庫、ガレージ | **차고**
cha.go |

房間

| ^{へや}部屋 | **방**
bang |

地板

| ^{ゆか}床 | **마루**
ma.ru |

走廊

| ^{ろうか}廊下 | **복도**
bok.ddo |

煙

| ^{えんとつ}煙突 | **굴뚝**
gul.ttuk |

衣櫥

| たんす | **장롱**
jang.rong |

地下室

| ^{ちかしつ}地下室 | **지하실**
ji.ha.sil |

CD 31

熨斗

アイロン	다리미 da.ri.mi

空調

エアコン	에어컨 e.eo.keon

暖氣

暖房 だんぼう	난방 nan.bang

暖爐

ストーブ	스토브 seu.to.beu

加濕器

加湿器 かしつき	가습기 ga.seup.ggi

空氣淨化機

空気清浄機 くうきせいじょうき	공기청정기 gong.gi.cheong.jeong.gi

電風扇

扇風機 せんぷうき	선풍기 seon.pung.gi

電視機

テレビ	텔레비전 tel.le.bi.jeon

吹風機

ドライヤー	드라이기 deu.ra.i.gi

收音機

ラジオ	라디오 ra.di.o

立體音響

ステレオ	스테레오 seu.te.re.o

冷凍庫

冷凍庫 れいとうこ	냉동고 naeng.dong.go

冰箱

冷蔵庫 れいぞうこ	냉장고 naeng.jang.go

電子鍋

炊飯器 すいはんき	전기밥솥 jeon.gi.bap.sot

洗衣機
| せんたくき
洗濯機 | 세탁기
se.tak.ggi |

吸塵器
| そうじき
掃除機 | 청소기
cheong.so.gi |

微波爐
| でんし
電子レンジ | 전자레인지
jeon.ja.re.in.ji |

螢光燈
| けいこうとう
蛍光灯 | 형광등
hyeong.gwang.deung |

炕床（韓式，取暖用）
| オンドル | 온돌
on.dol |

窗簾
| カーテン | 커텐
keo.ten |

沙發
| ソファー | 소파
so.pa |

餐桌
| テーブル | 테이블
te.i.beul |

百葉窗
| ブラインド | 블라인드
beul.la.in.deu |

床
| ベッド | 침대
chim.dae |

桌子
| つくえ
机 | 책상
chaek.sang |

椅子
| いす
椅子 | 의자
ui.ja |

地毯
| じゅうたん | 카펫트
ka.pet.teu |

家具
| かぐ
家具 | 가구
ga.gu |

59

CD 32

咖啡廳

| カフェ | 카페
ka.pe |

便利商店

| コンビニ | 편의점
pyeo.ni.jeom |

百貨公司

| デパート | 백화점
bae.kwa.jeom |

麵包店

| パン屋 | 빵집
ppang.jjip |

餐廳

| レストラン | 레스토랑
re.seu.to.rang |

房地產公司

| 不動産屋 | 부동산
bu.dong.san |

書店

| 本屋 | 서점
seo.jeom |

佛寺

| 寺 | 절
jeol |

學校

| 学校 | 학교
hak.ggyo |

花店

| 花屋 | 꽃집
kkot.jjip |

路邊攤子

| 屋台 | 포장마차
po.jang.ma.cha |

美容院

| 美容院 | 미장원
mi.jang.won |

停車場

| 駐車場 | 주차장
ju.cha.jang |

銀行

| 銀行 | 은행
eun.haeng |

派出所

| こうばん
交番 | 파출소
pa.chul.so |

公共澡堂

| せんとう
銭湯 | 목욕탕
mo.gyok.tang |

博物館

| はくぶつかん
博物館 | 박물관
bang.mul.gwan |

棒球場

| や きゅうじょう
野球場 | 야구장
ya.gu.jang |

機場

| くうこう
空港 | 공항
gong.hang |

橋

| はし
橋 | 다리
da.ri |

醫院

| びょういん
病院 | 병원
byeong.won |

美術館

| び じゅつかん
美術館 | 미술관
mi.sul.gwan |

公園

| こうえん
公園 | 공원
gong.won |

車站

| えき
駅 | 역
yeok |

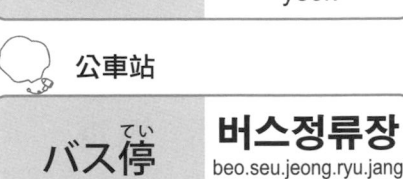

公車站

| バス停
てい | 버스정류장
beo.seu.jeong.ryu.jang |

道路

| どう ろ
道路 | 도로
do.ro |

1 交通工具

CD
33

車子		汽車	
車 くるま	**차** cha	自動車 じ どうしゃ	**자동차** ja.dong.cha

計程車		卡車	
タクシー	**택시** taek.si	トラック	**트럭** teu.reok

機車		巴士	
バイク	**오토바이** o.to.ba.i	バス	**버스** beo.seu

出租車子		火車	
レンタカー	**렌트카** ren.teu.ka	汽車 き しゃ	**기차** gi.cha

電車		地鐵	
電車 でんしゃ	**전차** jeon.cha	地下鉄 ち か てつ	**지하철** ji.ha.cheol

飛機		船	
飛行機 ひ こう き	**비행기** bi.haeng.gi	船 ふね	**배** bae

渡輪		救護車	
フェリー	**유람선** yu.ram.seon	救急車 きゅうきゅうしゃ	**구급차** gu.geup.cha

消防車

しょうぼうしゃ 消防車	소방차 so.bang.cha

三輪車

さんりんしゃ 三輪車	삼륜차 sam.ryun.cha

車票，票

きっぷ 切符	차표 cha.pyo

售票處

きっぷ う ば 切符売り場	표 파는 곳 pyo.pa.neun.got

剪票口

かいさつぐち 改札口	개찰구 gae.chal.gu

交叉路口

こう さ てん 交差点	교차로 gyo.cha.ro

紅綠燈

しんごう 信号	신호등 sin.ho.deung

斑馬線

おうだん ほ どう 横断歩道	횡단보도 hoeng.dan.bo.do

高速公路

こうそくどう ろ 高速道路	고속도로 go.sok.do.ro

超速違規

スピード違反 い はん	과속 gwa.sok

來回，往返

おうふく 往復	왕복 wang.bok

駕駛，開車

うんてん 運転	운전 un.jeon

人行道

ほ どう 歩道	인도 in.do

塞車

じゅうたい 渋滞	교통정체 gyo.tong.jeong.che

2 運動

CD
34

體育、運動

| スポーツ | 스포츠
seu.po.cheu |

⛵ 奧林匹克運動會

| オリンピック | 올림픽
ol.lim.pik |

🏠 高爾夫球

| ゴルフ | 골프
gol.peu |

🐟 足球

| サッカー | 축구
chuk.ggu |

🧤 棒球

| 野球 | 야구
ya.gu |

⭕ 滑雪

| スキー | 스키
seu.ki |

溜冰

| スケート | 스케이트
seu.ke.i.teu |

網球

| テニス | 테니스
te.ni.seu |

◇ 籃球

| バスケット
（ボール） | 농구
nong.gu |

羽毛球

| バドミントン | 배드민턴
bae.deu.min.teon |

排球

| バレー（ボール） | 발리볼,배구
bal.li.bor,bae.gu |

美式足球

| フットボール | 풋볼
put.bbol |

橄欖球

| ラグビー | 미식축구,럭비
mi.sik.chuk.gu,reok.bbi |

職業摔跤

| プロレス | 프로레슬링
peu.ro.re.seul.ling |

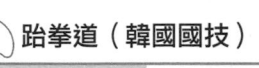

拳擊

ボクシング	복싱 bok.sing

跆拳道（韓國國技）

テコンドー	태권도 tae.gwon.do

摔角

レスリング	레슬링 re.seul.ling

柔道

柔道 <ruby>柔道<rt>じゅうどう</rt></ruby>	유도 yu.do

馬拉松

マラソン	마라톤 ma.ra.ton

游泳

<ruby>水泳<rt>すいえい</rt></ruby>	수영 su.yeong

乒乓球

<ruby>卓球<rt>たっきゅう</rt></ruby>	탁구 tak.ggu

相撲

<ruby>相撲<rt>すもう</rt></ruby>	스모 seu.mo

劍術

<ruby>剣道<rt>けんどう</rt></ruby>	검도 geom.do

體操

<ruby>体操<rt>たいそう</rt></ruby>	체조 che.jo

舉重

<ruby>重量挙<rt>じゅうりょうあ</rt></ruby>げ	역도 yeok.ddo

球棒（棒球等）

バット	방망이 bang.mang.i

球拍（網球等）

ラケット	라켓 ra.ket

第**5**章

行動及嗜好

CD
35

吉他
| ギター | **기타**
gi.ta |

小提琴
| バイオリン | **바이올린**
ba.i.ol.lin |

大提琴
| チェロ | **첼로**
chel.lo |

鼓，大鼓
| ドラム | **드럼**
deu.reom |

鼓，大鼓
| たいこ
太鼓 | **북**
buk |

小號
| トランペット | **트럼펫**
teu.reom.pet |

豎琴
| ハープ | **하프**
ha.peu |

鋼琴
| ピアノ | **피아노**
pi.a.no |

法國號，喇叭
| ホルン | **호른**
ho.reun |

響葫蘆
| マラカス | **마라카스**
ma.ra.ka.seu |

三味線，日本三弦
| しゃ み せん
三味線 | **샤미센**
sya.mi.sen |

尺八
| しゃくはち
尺八 | **퉁소**
tung.so |

琵琶
| び わ
琵琶 | **비파**
bi.pa |

木琴
| もっきん
木琴 | **목금**
mok.geum |

鐵琴
| 鉄琴（てっきん） | 철금 cheol.geum |

風琴
| オルガン | 오르간 o.reu.gan |

笛子
| 笛（ふえ） | 피리 pi.ri |

短笛
| ピッコロ | 피콜로 pi.kol.lo |

長笛
| フルート | 플루트 peul.lu.teu |

薩克斯風
| サックス | 색스폰 saek.seu.pon |

奧卡利那笛
| オカリナ | 오카리나 o.ka.ri.na |

單簧管
| クラリネット | 클라리넷 keul.la.ri.net |

韻律，節奏
| リズム | 리듬 ri.deum |

演唱會
| ライブ、コンサート | 콘서트 kon.seo.teu |

搖滾樂
| ロック | 락 rak |

樂器
| 楽器（がっき） | 악기 ak.ggi |

CD 36

動漫	漫畫
アニメ	애니메이션 ae.ni.me.i.syeon
	漫画（まんが）	만화 man.hwa

卡拉 OK，KTV	露營
カラオケ	노래방 no.rae.bang
キャンプ	캠프 kaem.peu

賭博	迪斯科
ギャンブル	도박 do.bak
ディスコ	디스코 di.seu.ko

兜風	撲克，撲克牌
ドライブ	드라이브 deu.ra.i.beu
トランプ	트럼프 teu.reom.peu

健行	撞球
ハイキング	하이킹 ha.i.king
ビリヤード	포켓볼 po.ket.bbol

時尚，流行	保齡球
ファッション	패션 pae.syeon
ボウリング	볼링 bol.ling

圍棋	彩券
囲碁（いご）	바둑 ba.duk
宝（たから）くじ	복권 bok.ggwon

日本象棋

| 将棋 しょうぎ | 장기 jang.gi |

書法

| 書道 しょどう | 서예 seo.ye |

釣魚

| 釣り つり | 낚시 nak.si |

溫泉

| 温泉 おんせん | 온천 on.cheon |

賽馬

| 競馬 けいば | 경마 gyeong.ma |

照片

| 写真 しゃしん | 사진 sa.jin |

盆景

| 盆栽 ぼんさい | 분재 bun.jae |

旅行

| 旅行 りょこう | 여행 yeo.haeng |

雕刻

| 彫刻 ちょうこく | 조각 jo.gak |

麻將

| 麻雀 マージャン | 마작 ma.jak |

登山

| 登山 とざん | 등산 deung.san |

讀書

| 読書 どくしょ | 독서 dok.seo |

建築

| 建築 けんちく | 건축 geon.chuk |

玩具

| おもちゃ | 장난감 jang.nan.gam |

1 可愛的動物

CD 37

寵物

| ペット | 애완동물
ae.wan.dong.mul |

兔子

| ウサギ | 토끼
to.kki |

獅子

| ライオン | 사자
sa.ja |

牛

| 牛 | 소
so |

豬

| 豚 | 돼지
dwae.ji |

狗

| 犬 | 개
gae |

貓

| 猫 | 고양이
go.yang.i |

老虎

| 虎 | 호랑이
ho.rang.i |

狐狸

| 狐 | 여우
yeo.u |

狼

| 狼 | 이리
i.ri |

豹

| 豹 | 표범
pyo.beom |

馬

| 馬 | 말
mal |

烏龜

| 亀 | 거북이
geo.bu.gi |

蛇

| 蛇 | 뱀
baem |

	鹿
鹿 しか	사슴 sa.seum

	大象
象 ぞう	코끼리 ko.kki.ri

	熊
熊 くま	곰 gom

	老鼠
ネズミ	쥐 jwi

	鳥
鳥 とり	새 sae

	生物
生物 せいぶつ	생물 saeng.mul

	青蛙
蛙 かえる	개구리 gae.gu.ri

	猴子
猿 さる	원숭이 won.sung.i

	麒麟
キリン	기린 gi.rin

	魚
魚 さかな	물고기 mul.go.gi

	蟲
虫 むし	벌레 beol.le

2 美麗的花兒

牽牛花

あさがお	나팔꽃 na.pal.kkot

繡球花

あじさい	수국 su.guk

紫羅蘭

すみれ	제비꽃 je.bi.kkot

蒲公英

たんぽぽ	민들레 min.deul.le

杜鵑花

つつじ	진달래 jin.dal.lae

向日葵

ひまわり	해바라기 hae.ba.ra.gi

百合花

ゆり	백합 bae.kap

水仙花

<ruby>水仙<rt>すいせん</rt></ruby>	수선화 su.seon.hwa

牡丹

<ruby>牡丹<rt>ぼたん</rt></ruby>	모란 mo.ran

菊花

<ruby>菊<rt>きく</rt></ruby>	국화 gu.kwa

山茶花

<ruby>椿<rt>つばき</rt></ruby>	동백꽃 dong.baek.kkot

蓮花

<ruby>蓮<rt>はす</rt></ruby>	연꽃 yeon.kkot

玫瑰花

ばら	장미 jang.mi

蘭花

<ruby>蘭<rt>らん</rt></ruby>	난 nan

72

梅花

| <ruby>梅<rt>うめ</rt></ruby> | 매화
mae.hwa |

水菖蒲， 尾

| <ruby>菖蒲<rt>しょうぶ</rt></ruby> | 창포
chang.po |

大波斯菊

| コスモス | 코스모스
ko.seu.mo.seu |

風信子，洋水仙

| ヒヤシンス | 히아신스
hi.a.sin.seu |

杉

| <ruby>杉<rt>すぎ</rt></ruby> | 삼나무
sam.na.mu |

楓葉

| もみじ | 단풍
dan.pung |

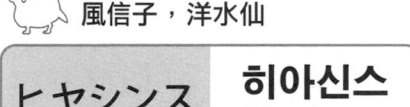
草

| <ruby>草<rt>くさ</rt></ruby> | 풀
pul |

芒草

| すすき | 억새풀
eok.sae.pul |

康乃馨

| カーネーション | 카네이션
ka.ne.i.syeon |

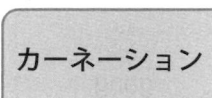
鬱金香

| チューリップ | 튤립
tyul.lip |

銀杏

| いちょう | 은행나무
eun.haeng.na.mu |

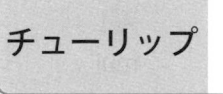
櫻花

| <ruby>桜<rt>さくら</rt></ruby> | 벚꽃
beot.kkot |

花

| <ruby>花<rt>はな</rt></ruby> | 꽃
kkot |

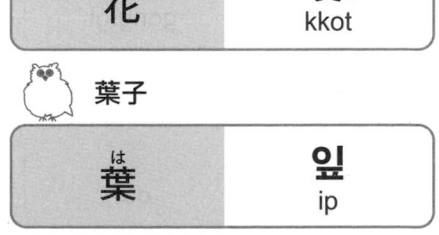
葉子

| <ruby>葉<rt>は</rt></ruby> | 잎
ip |

73

3 自然環境

CD 39

土

土（つち）	흙 heulk

河

川（かわ）	강 gang

水

水（みず）	물 mul

光

光（ひかり）	빛 bit

雲

雲（くも）	구름 gu.reum

空氣

空気（くうき）	공기 gong.gi

石頭

石（いし）	돌 dol

山

山（やま）	산 san

樹

木（き）	나무 na.mu

火

火（ひ）	불 bul

天空

空（そら）	하늘 ha.neul

夕陽

夕日（ゆうひ）	석양 seo.gyang

沙子

砂（すな）	모래 mo.rae

岩石

岩（いわ）	바위 ba.wi

	海	
	海 <ruby>海<rt>うみ</rt></ruby>	**바다** ba.da

	岸	
	<ruby>岸<rt>きし</rt></ruby>	**물가** mul.gga

	湖	
	<ruby>湖<rt>みずうみ</rt></ruby>	**호수** ho.su

	瀑布	
	<ruby>滝<rt>たき</rt></ruby>	**폭포** pok.po

	池，池塘	
	<ruby>池<rt>いけ</rt></ruby>	**연못** yeon.mot

	沼澤	
	<ruby>沼<rt>ぬま</rt></ruby>	**늪** neup

	森林	
	<ruby>森<rt>もり</rt></ruby>	**숲** sup

	山丘	
	<ruby>丘<rt>おか</rt></ruby>	**언덕** eon.deok

	谷，山谷	
	<ruby>谷<rt>たに</rt></ruby>	**골짜기** gol.jja.gi

	洞窟	
	<ruby>洞窟<rt>どうくつ</rt></ruby>	**동굴** dong.gul

	島	
	<ruby>島<rt>しま</rt></ruby>	**섬** seom

	火山	
	<ruby>火山<rt>かざん</rt></ruby>	**화산** hwa.san

	沙漠	
	<ruby>砂漠<rt>さばく</rt></ruby>	**사막** sa.mak

	自然	
	<ruby>自然<rt>しぜん</rt></ruby>	**자연** ja.yeon

CD 40

天氣

| 天気 てんき | 날씨 nal.ssi |

天氣預報

| 天気予報 てんきよほう | 일기 예보 il.gi.ye.bo |

低氣壓

| 低気圧 ていきあつ | 저기압 jeo.gi.ap |

高氣壓

| 高気圧 こうきあつ | 고기압 go.gi.ap |

氣壓

| 気圧 きあつ | 기압 gi.ap |

氣溫

| 気温 きおん | 기온 gi.on |

溫度

| 温度 おんど | 온도 on.do |

濕度

| 湿度 しつど | 습도 seup.ddo |

熱的

| 暑い あつい | 덥다 deop.dda |

冷的

| 寒い さむい | 춥다 chup.dda |

陰天

| くもり | 흐림 heu.rim |

晴朗

| 晴れ は | 맑음 mal.geum |

風

| 風 かぜ | 바람 ba.ram |

雷

| 雷 かみなり | 천둥 cheon.dung |

霜

霜 しも	서리 seo.ri

霧

霧 きり	안개 an.gae

雪

雪 ゆき	눈 nun

雨

雨 あめ	비 bi

梅雨

梅雨 つゆ	장마 jang.ma

傍晚的雷陣雨

夕立ち ゆう だ	소나기 so.na.gi

彩虹

虹 にじ	무지개 mu.ji.gae

龍捲風

竜巻 たつまき	회오리바람 hoe.o.ri.ba.ram

颱風

台風 たいふう	태풍 tae.pung

春天

春 はる	봄 bom

夏天

夏 なつ	여름 yeo.reum

秋天

秋 あき	가을 ga.eul

冬天

冬 ふゆ	겨울 gyeo.ul

CD 41

大西洋		太平洋	
<ruby>大西洋<rt>たいせいよう</rt></ruby>	**대서양** dae.seo.yang	<ruby>太平洋<rt>たいへいよう</rt></ruby>	**태평양** tae.pyeong.yang

印度洋		宇宙	
<ruby>インド洋<rt>よう</rt></ruby>	**인도양** in.do.yang	<ruby>宇宙<rt>うちゅう</rt></ruby>	**우주** u.ju

太陽系		銀河系	
<ruby>太陽系<rt>たいようけい</rt></ruby>	**태양계** tae.yang.gye	<ruby>銀河系<rt>ぎんがけい</rt></ruby>	**은하계** eun.ha.gye

太陽		地球	
<ruby>太陽<rt>たいよう</rt></ruby>	**태양** tae.yang	<ruby>地球<rt>ちきゅう</rt></ruby>	**지구** ji.gu

月球		星星	
<ruby>月<rt>つき</rt></ruby>	**달** dal	<ruby>星<rt>ほし</rt></ruby>	**별** byeol

金星		木星	
<ruby>金星<rt>きんせい</rt></ruby>	**금성** geum.seong	<ruby>木星<rt>もくせい</rt></ruby>	**목성** mok.seong

水星		火星	
<ruby>水星<rt>すいせい</rt></ruby>	**수성** su.seong	<ruby>火星<rt>かせい</rt></ruby>	**화성** hwa.seong

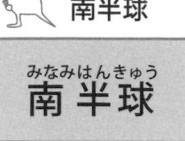 土星

ど せい 土星	토성 to.seong

 彗星

すい せい 彗星	혜성 hye.seong

北半球

きたはんきゅう 北半球	북반구 buk.bban.gu

南半球

みなみはんきゅう 南半球	남반구 nam.ban.gu

北極

ほっきょく 北極	북극 buk.ggeuk

南極

なんきょく 南極	남극 nam.geuk

地圖

ち ず 地図	지도 ji.do

地球儀

ち きゅう ぎ 地球儀	지구의 ji.gu.i

地理

ち り 地理	지리 ji.ri

赤道

せきどう 赤道	적도 jeok.do

衛星

えいせい 衛星	위성 wi.seong

經度

けい ど 経度	경도 gyeong.do

緯度

い ど 緯度	위도 wi.do

日界線，日期變更線

ひ づけへんこうせん 日付変更線	날짜 변경선 nal.jja.byeon.gyeong.seon

第6章

大自然的動植物及環境

79

1 學校及學位

CD 42

研究所

だいがくいん 大学院	대학원 dae.ha.gwon

大學

だいがく 大学	대학 dae.hak

短大

たんだい 短大	단기 대학 dan.gi.dae.hak

專科學校

せんもんがっこう 専門学校	전문 학교 jeon.mun.hak.ggyo

高級中學

こうとうがっこう 高等学校、 こうこう 高校	고등학교 go.deung.hak.ggyo

中學

ちゅうがっこう 中学校	중학교 jung.hak.ggyo

小學

しょうがっこう 小学校	초등학교 cho.deung.hak.ggyo

幼稚園

ようちえん 幼稚園	유치원 yu.chi.won

國立

こくりつ 国立	국립 gung.rip

私立

しりつ 私立	사립 sa.rip

國語（課），語文（課）

こくご 国語	국어 gu.geo

物理

ぶつり 物理	물리 mul.li

歷史

れきし 歴史	역사 yeok.sa

社會

しゃかい 社会	사회 sa.hoe

科學
| 科学 かがく | 과학 gwa.hak |

理科
| 理科 りか | 이과 i.ggwa |

數學
| 数学 すうがく | 수학 su.hak |

考試
| 試験 しけん | 시험 si.heom |

教科書
| 教科書 きょうかしょ | 교과서 gyo.ggwa.seo |

校長
| 校長 こうちょう | 교장 gyo.jang |

老師
| 先生 せんせい | 선생님 seon.saeng.nim |

學生
| 学生 がくせい | 학생 hak.saeng |

中途退學
| 中退 ちゅうたい | 중퇴 jung.toe |

合格
| 合格 ごうかく | 합격 hap.ggyeok |

畢業
| 卒業 そつぎょう | 졸업 jo.reop |

碩士
| 修士 しゅうし | 석사 seok.sa |

博士
| 博士 はかせ/はくし | 박사 bak.sa |

2 文具

CD 43

廻紋針	
クリップ	**클립** keul.lip

自動鉛筆	
シャープペンシル	**샤프펜슬** sya.peu.pen.seul

筆	
ペン	**펜** pen

鋼筆	
<ruby>万年筆<rt>まんねんひつ</rt></ruby>	**만년필** man.nyeon.pil

螢光筆	
<ruby>蛍光<rt>けいこう</rt></ruby>ペン	**형광펜** hyeong.gwang.pen

筆記本	
ノート	**노트** no.teu

記事本	
<ruby>手帳<rt>て ちょう</rt></ruby>	**수첩** su.cheop

剪刀	
はさみ	**가위** ga.wi

美工刀	
カッター	**커터칼** keo.teo.kal

文件夾	
ファイル	**파일** pa.il

訂書機	
ホッチキス	**호치키스** ho.chi.ki.seu

尺	
<ruby>定規<rt>じょう ぎ</rt></ruby>、<ruby>物差<rt>もの さ</rt></ruby>し	**자** ja

信封	
<ruby>封筒<rt>ふうとう</rt></ruby>	**봉투** bong.tu

立可白，塗改液	
<ruby>修正液<rt>しゅうせいえき</rt></ruby>	**수정액,화이트** su.jeong.aeg,hwa.i.teu

 橡皮擦

消しゴム	지우개 ji.u.gae

 膠帶

テープ	테이프 te.i.peu

 強力膠，粘合劑

接着剤	접착제 jeop.chak.jje

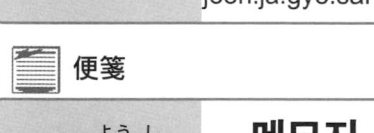 漿糊

糊	풀 pul

 削鉛筆機

鉛筆削り	연필깎이 yeon.pil.kka.kki

 計算器

電卓	전자계산기 jeon.ja.gye.san.gi

 橡皮圈

輪ゴム	고무 밴드 go.mu.baen.deu

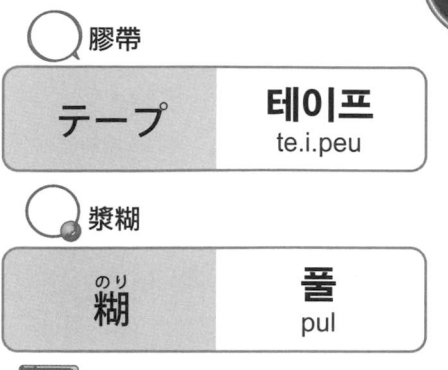 便箋

メモ用紙	메모지 me.mo.ji

 圖釘

画びょう	압정 ap.jjeong

 鉛筆盒

筆箱	필통 pil.tong

CD 44

鍵盤	
キーボード	**키보드** ki.bo.deu

按按鈕，單擊	
クリック	**클릭** keul.lik

按兩次鈕，雙擊	
ダブルクリック	**더블 클릭** deo.beur.keul.lik

拷貝	
コピー	**복사** bok.sa

尺寸	
サイズ	**사이즈** sa.i.jeu

掃描儀	
スキャナー	**스캐너** seu.kae.neo

擴音器，喇叭	
スピーカー	**스피커** seu.pi.keo

軟體	
ソフトウェア	**소프트웨어** so.peu.teu.we.eo

硬體	
ハードウェア	**하드웨어** ha.deu.we.eo

顯示器	
ディスプレイ	**디스플레이** di.seu.peul.le.i

電腦桌面	
デスクトップ	**데스크탑** de.seu.keu.tap

文件（電腦）	
ドキュメント	**문서** mun.seo

硬碟	
ハードディスク	**하드디스크** ha.deu.di.seu.keu

個人電腦	
パソコン	**컴퓨터** keom.pyu.teo

文件

| ファイル | **파일**
pa.il |

文件夾

| フォルダ | **폴더**
pol.deo |

格式化

| フォーマット | **포맷**
po.maet |

列表機

| プリンター | **프린터**
peu.rin.teo |

印刷

| プリント、<ruby>印刷<rt>いんさつ</rt></ruby> | **인쇄**
in.swae |

滑鼠

| マウス | **마우스**
ma.u.seu |

MAC，蘋果

| マック、
アップル | **매킨토시,애플**
mae.kin.to.si,ae.peul |

記憶體

| メモリー | **메모리**
me.mo.ri |

螢幕

| モニター | **모니터**
mo.ni.teo |

單色

| モノクロ | **흑백**
heuk.bbaek |

CD
45

電腦

コンピューター	**컴퓨터** keom.pyu.teo

網路

インターネット	**인터넷** in.teo.net

電子郵件

メール	**이메일** i.me.il

郵件地址

メールアドレス	**메일 주소** me.ir.ju.so

網頁

ウェブページ	**웹사이트** wep.sa.i.teu

臉書

フェイスブック	**페이스북** pe.i.seu.buk

部落格

ブログ	**블로그** beul.lo.geu

主頁

ホームページ	**메인 페이지** me.in.pe.i.ji

密碼

パスワード	**비밀번호** bi.mil.beon.ho

評語，留言

コメント	**댓글** daet.ggeul

下載

ダウンロード	**다운로드** da.un.ro.deu

聊天，閒談

チャット	**채팅** chae.ting

工具

ツール	**도구** do.gu

數據

データ	**데이터** de.i.teo

病毒

| ウィルス | **바이러스** |
| | ba.i.reo.seu |

訊息，消息

| メッセージ | **메시지** |
| | me.si.ji |

用戶

| ユーザー | **사용자** |
| | sa.yong.ja |

連結

| リンク | **링크** |
| | ring.keu |

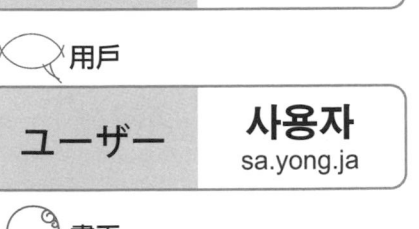
畫面

| _{が めん}画面 | **화면** |
| | hwa.myeon |

回覆

| _{へんしん}返信 | **회신** |
| | hoe.sin |

發送

| _{そうしん}送信 | **보내기** |
| | bo.nae.gi |

接收

| _{じゅしん}受信 | **받기** |
| | bat.ggi |

追加

| _{つい か}追加 | **추가** |
| | chu.ga |

更新

| _{こうしん}更新 | **갱신** |
| | gaeng.sin |

佈告欄

| _{けい じ ばん}掲示板 | **게시판** |
| | ge.si.pan |

登錄

| _{とうろく}登録 | **로그인** |
| | ro.geu.in |

處理

| _{しょ り}処理 | **처리** |
| | cheo.ri |

認證

| _{にんしょう}認証 | **인증** |
| | in.jeung |

CD 46

編輯

| 編集
へんしゅう | 편집
pyeon.jip |

啟動

| 起動
きどう | 시작
si.jak |

作成，製作

| 作成
さくせい | 작성
jak.seong |

單擊

| クリック | 클릭
keul.lik |

輸入

| 入力
にゅうりょく | 입력
im.ryeok |

輸出

| 出力
しゅつりょく | 출력
chul.lyeok |

拷貝

| コピー | 복사
bok.sa |

擴大

| 拡大
かくだい | 확대
hwak.ddae |

壓縮

| 圧縮
あっしゅく | 압축
ap.chuk |

縮小

| 縮小
しゅくしょう | 축소
chuk.so |

插入

| 挿入
そうにゅう | 삽입
sa.bip |

剪下，切下

| 切り取り
きと | 자르기
ja.reu.gi |

移動

| 移動
いどう | 이동
i.dong |

貼上，粘貼

| 貼り付け
はつ | 붙이기
bu.chi.gi |

覆蓋

<ruby>上書<rt>うわが</rt></ruby>き	덧쓰기 deot.sseu.gi

刪除

<ruby>削除<rt>さくじょ</rt></ruby>	삭제 sak.jje

解凍

<ruby>解凍<rt>かいとう</rt></ruby>	해동 hae.dong

選擇

<ruby>選択<rt>せんたく</rt></ruby>	선택 seon.taek

讀取

<ruby>読<rt>よ</rt></ruby>み<ruby>込<rt>こ</rt></ruby>み	읽기 ilk.ggi

中止

<ruby>中止<rt>ちゅうし</rt></ruby>	중지 jung.ji

保存

<ruby>保存<rt>ほぞん</rt></ruby>	저장 jeo.jang

置換，調換

<ruby>置換<rt>おきかえ</rt></ruby>	치환 chi.hwan

變換

<ruby>変換<rt>へんかん</rt></ruby>	변환 byeon.hwan

解除

<ruby>解除<rt>かいじょ</rt></ruby>	해제 hae.je

確認

<ruby>確認<rt>かくにん</rt></ruby>	확인 hwa.gin

取消

キャンセル	취소 chwi.so

強行終止

<ruby>強制終了<rt>きょうせいしゅうりょう</rt></ruby>	강제종료 gang.je.jong.ryo

CD 47

公司職員
| かいしゃいん 会社員 | 회사원 hoe.sa.won |

銀行職員
| ぎんこういん 銀行員 | 은행원 eun.haeng.won |

個人經營業
| じえいぎょう 自営業 | 자영업 ja.yeong.eop |

經營者
| けいえいしゃ 経営者 | 경영자 gyeong.yeong.ja |

警察
| けいさつかん 警察官 | 경찰 gyeong.chal |

公務員
| こうむいん 公務員 | 공무원 gong.mu.won |

政治家
| せいじか 政治家 | 정치가 jeong.chi.ga |

教師
| きょうし 教師 | 교사 gyo.sa |

科學家
| かがくしゃ 科学者 | 과학자 gwa.hak.jja |

企業家
| きぎょうか 企業家 | 기업가 gi.eop.gga |

學者
| がくしゃ 学者 | 학자 hak.jja |

農民
| のうみん 農民 | 농민 nong.min |

畫家
| がか 画家 | 화가 hwa.ga |

設計師
| デザイナー | 디자이너 di.ja.i.neo |

漫畫家

漫画家 まんがか	만화가 man.hwa.ga

作家

作家 さっか	작가 jak.gga

醫生

医者 いしゃ	의사 ui.sa

美容師

美容師 びようし	미용사 mi.yong.sa

模特兒

モデル	모델 mo.del

演員

俳優 はいゆう	배우 bae.u

歌手

歌手 かしゅ	가수 ga.su

律師

弁護士 べんごし	변호사 byeon.ho.sa

導遊

ガイド	가이드 ga.i.deu

司機

運転手 うんてんしゅ	운전사 un.jeon.sa

男服務員

ウエイター	웨이터 we.i.teo

木匠

大工 だいく	목수 mok.su

護士

看護師 かんごし	간호사 gan.ho.sa

全職主婦

専業主婦 せんぎょうしゅふ	전업주부 jeo.neop.ju.bu

CD 48

理事長	
理事長 り じ ちょう	**이사장** i.sa.jang

會長	
会長 かいちょう	**회장** hoe.jang

次長	
次長 じ ちょう	**차장** cha.jang

社長	
社長 しゃちょう	**사장** sa.jang

副社長	
副社長 ふくしゃちょう	**부사장** bu.sa.jang

部長	
部長 ぶ ちょう	**부장** bu.jang

科長	
課長 か ちょう	**과장** gwa.jang

科長代理	
課長代理 か ちょうだい り	**과장대리** gwa.jang.dae.ri

廠長	
工場長 こうじょうちょう	**공장장** gong.jang.jang

所長	
所長 しょちょう	**소장** so.jang

主任	
主任 しゅにん	**주임** ju.im

室長	
室長 しつちょう	**실장** sil.jang

股長	
係長 かかりちょう	**계장** ge.jang

秘書	
秘書 ひ しょ	**비서** bi.seo

書記官	
しょきかん 書記官	서기관 seo.gi.gwan

顧問	
こもん 顧問	고문 go.mun

店長	
てんちょう 店長	점장 jeom.jang

上司	
じょうし 上司	상사 sang.sa

屬下	
ぶか 部下	부하 bu.ha

董事	
とりしまりやく 取締役	이사 i.sa

董事，重要職位	
じゅうやく 重役	중역 jung.yeok

新進職員	
しんにゅうしゃいん 新入社員	신입사원 si.nip.sa.won

打工	
アルバイト	아르바이트 a.reu.ba.i.teu

店員	
てんいん 店員	점원 jeo.mwon

契約職員	
けいやくしゃいん 契約社員	계약직 gye.yak.jjik

頭銜	
かたが 肩書き	직함 ji.kam

公司職員	
しゃいん 社員	사원 sa.won

工作人員	
スタッフ	스탭 seu.taep

8 部門及職場

人事部
人事部 じんじぶ	인사부 in.sa.bu

總務部
総務部 そうむぶ	총무부 chong.mu.bu

財務部
財務部 ざいむぶ	재무부 jae.mu.bu

會計部
経理部 けいりぶ	경리부 gyeong.ri.bu

營業部
営業部 えいぎょうぶ	영업부 yeong.eop.bu

銷售部
販売部 はんばいぶ	판매부 pan.mae.bu

宣傳部
広報部 こうほうぶ	홍보부 hong.bo.bu

商品開發部
商品開発部 しょうひんかいはつぶ	상품개발부 sang.pum.gae.bal.bu

物流部
物流部 ぶつりゅうぶ	물류부 mul.lyu.bu

經營企劃部
経営企画部 けいえいきかくぶ	경영기획부 gyeong.yeong.gi.hoek.bu

情報系統部
情報システム部 じょうほう ぶ	정보시스템부 jeong.bo.si.seu.tem.bu

營銷部
マーケティング部 ぶ	마케팅부 ma.ke.ting.bu

津貼
手当て てあ	수당 su.dang

月薪
月給 げっきゅう	월급 wol.geup

工作
| 仕事
しごと | 일
il |

上班（到公司）
| 出社
しゅっしゃ | 출근
chul.geun |

出門去上班
| 出勤
しゅっきん | 출근
chul.geun |

休假
| 休暇
きゅうか | 휴가
hyu.ga |

休息
| 休憩
きゅうけい | 휴식
hyu.sik |

會議
| 会議
かいぎ | 회의
hoe.i |

升遷
| 昇進
しょうしん | 승진
seung.jin |

契約
| 契約
けいやく | 계약
ge.yak |

加班
| 残業
ざんぎょう | 야근
ya.geun |

調動工作
| 転勤
てんきん | 전근
jeon.geun |

上下班
| 通勤
つうきん | 출퇴근
chul.toe.geun |

辭呈
| 辞表
じひょう | 사직서
sa.jik.seo |

退休年齡
| 定年
ていねん | 정년
jeong.nyeon |

1 病名

CD
50

感冒

| 風邪（かぜ） | 감기 gam.gi |

流行性感冒

| インフルエンザ | 독감 dok.ggam |

肚子痛

| 腹痛（ふくつう） | 복통 bok.tong |

頭痛

| 頭痛（ずつう） | 두통 du.tong |

花粉症

| 花粉症（かふんしょう） | 꽃가루 알레르기 kkot.gga.ru.al.le.reu.gi |

中風

| 脳卒中（のうそっちゅう） | 뇌출혈 noe.chul.hyeol |

心肌梗塞

| 心筋梗塞（しんきんこうそく） | 심근경색 sim.geun.gyeong.saek |

糖尿病

| 糖尿病（とうにょうびょう） | 당뇨병 dang.nyo.byeong |

盲腸炎

| 盲腸炎（もうちょうえん） | 맹장염 maeng.jang.yeo |

十二指腸潰瘍

| 十二指腸潰瘍（じゅうにしちょうかいよう） | 십이지장궤양 sib.i.ji.jang.gwe.yang |

膀胱炎

| 膀胱炎（ぼうこうえん） | 방광염 bang.gwang.yeom |

胃炎

| 胃炎（いえん） | 위염 wi.yeom |

肺炎

| 肺炎（はいえん） | 폐렴 pe.ryeom |

白內障

| 白內障（はくないしょう） | 백내장 baeng.nae.jang |

白血病	
はっけつびょう 白血病	백혈병 bae.kyeol.byeong

腎臟結石	
じんぞうけっせき 腎臟結石	신장결석 sin.jang.gyeol.seok

心臟病	
しんぞうびょう 心臟病	심장병 sim.jang.byeong

癌	
がん 癌	암 am

愛滋病	
エイズ	에이즈 e.i.jeu

過敏	
アレルギー	알레르기 al.le.reu.gi

食物中毒	
しょくちゅうどく 食中毒	식중독 sik.jjung.dok

高血壓	
こうけつあつ 高血圧	고혈압 go.hyeo.rap

低血壓	
ていけつあつ 低血圧	저혈압 jeo.hyeo.rap

脈律不齊	
ふせいみゃく 不整脈	부정맥 bu.jeong.maek

失眠症	
ふみんしょう 不眠症	불면증 bul.myeon.jjeung

蛀牙	
むしば 虫歯	충치 chung.chi

便秘	
べんぴ 便秘	변비 byeon.bi

肌肉酸痛	
きんにくつう 筋肉痛	근육통 geu.nyuk.tong

腹瀉

下痢 げり	설사 seol.sa

噁心

吐き気 はけ	구토 gu.to

發高燒

高熱 こうねつ	고열 go.yeol

咳嗽

咳 せき	기침 gi.chim

出疹子

発疹 はっしん	발진 bal.jin

消化不良

消化不良 しょうかふりょう	소화불량 so.hwa.bul.lyang

食慾不振

食欲不振 しょくよくふしん	식욕부진 si.gyok.bu.jin

頭暈

目まい め	어지러움증 eo.ji.reo.um.jeung

喉嚨痛

のどが痛い いた	목이 아프다 mo.gi.a.peu.da

耳鳴

耳鳴り みみな	귀울림 gwi.ul.lim

麻痺

麻痺 まひ	마비 ma.bi

腫脹

腫れ は	부기 bu.gi

上氣不接下氣

息切れ いきぎ	숨참 sum.cham

冒冷汗

冷や汗 ひ あせ	식은땀 si.geun.ttam

疼痛

痛い	아프다
	a.peu.da

感到寒冷

寒気	오한
	o.han

尿失禁

尿失禁	요실금
	yo.sil.geum

呼吸困難

呼吸困難	호흡곤란
	ho.heup.gol.ran

流鼻涕

鼻水が出る	콧물이 나오다
	kon.mu.ri.na.o.da

發燒

熱がある	열이 나다
	yeo.ri.na.da

打噴嚏

くしゃみが出る	재채기
	jae.chae.gi

（各處）關節疼痛

節々が痛い	관절통
	gwan.jeol.tong

住院

入院	입원
	i.bwon

手術

手術	수술
	su.sul

治療

治療	치료
	chi.ryo

打針

注射	주사
	ju.sa

CD
52

薬局

薬局 やっきょく	약국 yak.gguk

眼藥水

目藥 め ぐすり	안약 a.nyak

營養補充劑

サプリメント	영양제 yeong.yang.je

腸胃藥

胃腸藥 い ちょうやく	위장약 wi.jang.yak

感冒藥

風邪藥 か ぜ ぐすり	감기약 gam.gi.yak

暈車藥

酔い止め藥 よ ど ぐすり	멀미약 meol.mi.yak

安眠藥

睡眠藥 すいみんやく	수면제 su.myeon.je

頭痛藥

頭痛藥 ず つうやく	두통제 du.tong.je

便秘藥

便秘藥 べん ぴ やく	변비약 byeon.bi.yak

止瀉

下痢止め げ り ど	설사약 seol.sa.yak

維生素

ビタミン剤 ざい	비타민 bi.ta.min

避孕劑

避妊剤 ひ にんざい	피임약 pi.im.yak

止痛藥

鎮痛剤、痛み止 ちんつうざい いた ど め	진통제 jin.tong.je

止癢藥

かゆみ止め藥 ど ぐすり	가려움약 ga.ryeo.um.yak

衛生棉

| 生理ナプキン
（せいり） | 생리대
saeng.ri.dae |

降壓劑

| 降圧剤
（こうあつざい） | 혈압약
hyeo.ram.yak |

消毒藥

| 消毒薬
（しょうどくやく） | 소독약
so.dong.yak |

藥丸

| 錠剤
（じょうざい） | 알약
ar.lyak |

藥粉

| 粉薬
（こなぐすり） | 가루약
ga.ru.yak |

酸痛貼

| 湿布
（しっぷ） | 파스
pa.seu |

藥物

| 薬品
（やくひん） | 약품
yak.pum |

處方箋

| 処方箋
（しょほうせん） | 처방전
cheo.bang.jeon |

扒手

スリ	소매치기 so.mae.chi.gi

小偷

<ruby>泥棒<rt>どろぼう</rt></ruby>	도둑 do.duk

偷東西，順手牽羊

<ruby>万引<rt>まんび</rt></ruby>き	들치기 deul.chi.gi

色情狂

<ruby>痴漢<rt>ちかん</rt></ruby>	치한 chi.han

強盜

<ruby>強盗<rt>ごうとう</rt></ruby>	강도 gang.do

竊賊

<ruby>窃盗<rt>せっとう</rt></ruby>	절도 jeol.ddo

殺人

<ruby>殺人<rt>さつじん</rt></ruby>	살인 sa.rin

爭吵

<ruby>口論<rt>こうろん</rt></ruby>	말다툼 mal.da.tum

流氓

ヤクザ	깡패 kkang.pae

強姦

<ruby>強姦<rt>ごうかん</rt></ruby>	강간 gang.gan

過路魔（隨機殺人）

<ruby>通<rt>とお</rt></ruby>り<ruby>魔<rt>ま</rt></ruby>	괴한 goe.han

搶奪

ひったくり	날치기 nal.chi.gi

平交道事故

<ruby>踏切事故<rt>ふみきりじこ</rt></ruby>	건널목사고 geon.neol.mok.sa.go

交通事故

<ruby>交通事故<rt>こうつうじこ</rt></ruby>	교통사고 gyo.tong.sa.go

肇事逃逸	
ひき逃げ	뺑소니 ppaeng.so.ni

酒後開車	
飲酒運転	음주운전 eum.ju.un.jeon

綁架	
拉致	납치 nap.chi

走失的小孩	
迷子	미아 mi.a

放火	
放火	방화 bang.hwa

欺詐	
詐欺	사기 sa.gi

噪音	
騒音	소음 so.eum

溺死，淹死	
溺死	익사 ik.sa

自殺	
自殺	자살 ja.sar

119 號	
119 番	일일구 ir.lil.gu

違法	
違法	위법 wi.beop

自首	
自首	자수 ja.su

警車	
パトカー	경찰차 gyeong.chal.cha

韓語文字及發音

　　看起來有方方正正，有圈圈的韓語文字，據說那是創字時，從雕花的窗子，得到靈感的。圈圈代表太陽（天），橫線代表地，直線是人，這可是根據中國天地人思想，也就是宇宙自然法則的喔！

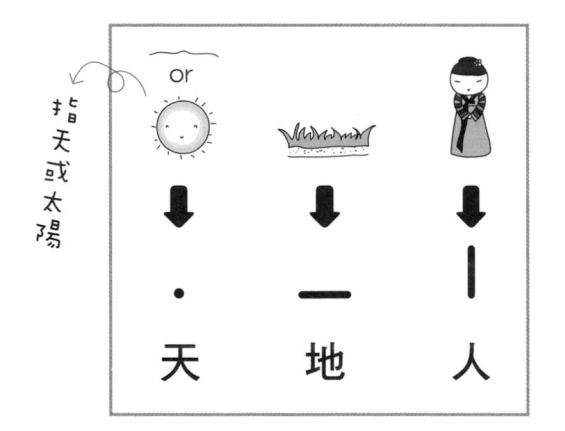

　　另外，韓文字的子音跟母音，在創字的時候，是模仿發音的嘴形，很多發音可以跟我們的注音相對照，而且也是用拼音的。

　　韓文有 70% 是漢字詞，那是從中國引進的。發音也是模仿了中國古時候的發音。因此，只要學會韓語 40 音，知道漢字詞的造詞規律，很快就能學會 70% 的單字。

反切表：平音、送氣音跟基本母音的組合（光碟錄音在46首）

母音 子音	ㅏ a	ㅑ ya	ㅓ eo	ㅕ yeo	ㅗ o	ㅛ yo	ㅜ u	ㅠ yu	ㅡ eu	ㅣ i
ㄱ k/g	가 ka	갸 kya	거 keo	겨 kyeo	고 ko	교 kyo	구 ku	규 kyu	그 keu	기 ki
ㄴ n	나 na	냐 nya	너 neo	녀 nyeo	노 no	뇨 nyo	누 nu	뉴 nyu	느 neu	니 ni
ㄷ t/d	다 ta	댜 tya	더 teo	뎌 tyeo	도 to	됴 tyo	두 tu	듀 tyu	드 teu	디 ti
ㄹ r/l	라 ra	랴 rya	러 reo	료 ryeo	로 ro	료 ryo	루 ru	류 ryu	르 reu	리 ri
ㅁ m	마 ma	먀 mya	머 meo	며 myeo	모 mo	묘 myo	무 mu	뮤 myu	므 meu	미 mi
ㅂ p/b	바 pa	뱌 pya	버 peo	벼 pyeo	보 po	뵤 pyo	부 pu	뷰 pyu	브 peu	비 pi
ㅅ s	사 sa	샤 sya	서 seo	셔 syeo	소 so	쇼 syo	수 su	슈 syu	스 seu	시 si
ㅇ —/ng	아 a	야 ya	어 eo	여 yeo	오 o	요 yo	우 u	유 yu	으 eu	이 i
ㅈ ch/j	자 cha	쟈 chya	저 cheo	져 chyeo	조 cho	죠 chyo	주 chu	쥬 chyu	즈 cheu	지 chi
ㅊ ch	차 cha	챠 chya	처 cheo	쳐 chyeo	초 cho	쵸 chyo	추 chu	츄 chyu	츠 cheu	치 chi
ㅋ k	카 ka	캬 kya	커 keo	켜 kyeo	코 ko	쿄 kyo	쿠 ku	큐 kyu	크 keu	키 ki
ㅌ t	타 ta	탸 tya	터 teo	텨 tyeo	토 to	툐 tyo	투 tu	튜 tyu	트 teu	티 ti
ㅍ p	파 pa	퍄 pya	퍼 peo	펴 pyeo	포 po	표 pyo	푸 pu	퓨 pyu	프 peu	피 pi
ㅎ h	하 ha	햐 hya	허 heo	혀 hyeo	호 ho	효 hyo	후 hu	휴 hyu	흐 heu	히 hi

● 韓語發音及注音、中文標音對照表

	表記	羅馬字	注音標音	中文標音
	ㅏ	a	ㄚ	阿
	ㅑ	ya	ㄧㄚ	鴨
基	ㅓ	eo	ㄛ	喔
	ㅕ	yeo	ㄛㄧ	幽
本	ㅗ	o	ㄡ	歐
	ㅛ	yo	ㄧㄡ	優
母	ㅜ	u	ㄨ	屋
	ㅠ	yu	ㄨㄧ	油
音	ㅡ	eu	ㄜㄨ	惡
	ㅣ	i	ㄧ	衣
	ㅐ	ae	ㄟ	耶
	ㅒ	yae	ㄧㄟ	也
	ㅔ	e	ㄝ	給
複	ㅖ	ye	ㄧㄝ	爺
合	ㅘ	wa	ㄨㄚ	娃
	ㅙ	wae	ㄛㄝ	歪
母	ㅚ	oe	ㄨㄝ	威
	ㅝ	wo	ㄛㄨ	我
音	ㅞ	we	ㄨㄝ	胃
	ㅟ	wi	ㄩ	為
	ㅢ	ui	ㄛㄧ	*喔衣*

	表記	羅馬字	注音標音	中文標音
基本子音	ㄱ	k/g	ㄎ/ㄍ	課/哥
	ㄴ	n	ㄋ	呢
	ㄷ	t/d	ㄊ/ㄉ	德
	ㄹ	r/l	ㄦ/ㄌ	勒
	ㅁ	m	ㄇ	母
	ㅂ	p/b	ㄆ/ㄅ	波/伯
	ㅅ	s	ㄙ	思
	ㅇ	不發音/ng	不發音/ㄥ	o/嗯
	ㅈ	ch/j	ㄑ/ㄗ	己/姿
	ㅎ	h	ㄏ	喝
送氣音★	ㅊ	ch	ㄑ/ㄑ	此
	ㅋ	k	ㄎ	棵
	ㅌ	t	ㄊ	特
	ㅍ	p	ㄆ	坡
硬音☆	ㄲ	kk	ㄍ、	哥
	ㄸ	tt	ㄉ、	德
	ㅃ	pp	ㄅ、	伯
	ㅆ	ss	ㄙ、	思
	ㅉ	cch	ㄗ、	姿

	表記	羅馬字	注音標音	中文標音
收尾音	ㄱ	k	ㄍ	學（台語）的尾音
	ㄴ	n	ㄣ	安（台語）的尾音
	ㄷ	t	ㄊ	日（台語）的尾音
	ㄹ	l	ㄖ	兒（台語）
	ㅁ	m	ㄇ	甘（台語）的尾音
	ㅂ	p	ㄆ	葉（台語）的尾音
	ㅇ	ng	ㄥ	爽（台語）的尾音

★ 送氣音就是用強烈氣息發出的音。

☆ 硬音就是要讓喉嚨緊張，加重聲音，用力唸。這裡用「ヽ」表示。

★ 本表之注音及中文標音，僅提供方便記憶韓語發音，實際發音是有差別的。

韓文是怎麼組成的呢？韓文是由母音跟子音所組成的。
排列方法是由上到下，由左到右。大分有下列六種：

1

子音＋母音 ————————————→

子
母

2

子音＋母音 ————————————→

子	母

3

子音＋母音＋母音 ——————→

子	母
母	

4

子音＋母音＋子音（收尾音）———→

子
母
子 （收尾音）

5

子音＋母音＋子音（收尾音）———→

子	母
子 （收尾音）	

6

子音＋母音＋母音＋子音（收尾音）——→

子	母
母	
子 （收尾音）	

玩玩日韓語　01

日語＋韓語
單字帳

生活、休閒旅遊單字

著　　　者——上原小百合、金龍範　合著
發 行 人——林德勝
出 版 者——山田社文化事業有限公司
地　　　址——臺北市大安區安和路一段 112 巷 17 號 7 樓
電　　　話—— 02-2755-7622
傳　　　真—— 02-2700-1887
劃撥帳號—— 19867160 號　大原文化事業有限公司
經 銷 商——聯合發行股份有限公司
地　　　址——新北市新店區寶橋路 235 巷 6 弄 6 號 2 樓
電　　　話—— 02-2917-8022
傳　　　真—— 02-2915-6275
印　　　刷——上鎰數位科技印刷有限公司
法律顧問——林長振法律事務所林長振律師
初　　　版—— 2015 年 1 月

書＋MP3——新台幣 299 元
ISBN 978-986-246-410-6
©2015, Shan Tian She CultureCo.,Ltd.